Sorri a lua sobre um solitário

Sun Holiver
Sorri a lua sobre um solitário

1ª edição / Porto Alegre-RS / 2023

Capa e projeto gráfico: Marco Cena
Revisão: Simone Borges
Produção editorial: Bruna Dali e Maitê Cena
Assessoramento gráfico: André Luis Alt

Dados Internacionais de Catalogação na Publicação (CIP)

H732s   Holiver, Sun
         Sorri a lua sobre um solitário. / Sun Holiver. – Porto Alegre:
        BesouroBox, 2023.
        144 p. ; 14 x 21 cm

       ISBN: 978-85-5527-125-0

       1. Literatura brasileira. 2. Ficção. I. Título.

CDU 821.134.3(81)-3

Bibliotecária responsável Kátia Rosi Possobon CRB10/1782

Direitos de Publicação: © 2023 Edições BesouroBox Ltda.
Copyright © Sun Holiver, 2023.

Todos os direitos desta edição reservados a
Edições BesouroBox Ltda.
Rua Brito Peixoto, 224 - CEP: 91030-400
Passo D'Areia - Porto Alegre - RS
Fone: (51) 3337.5620
www.besourobox.com.br

Impresso no Brasil
Setembro de 2023.

Dedico este livro
aos meus professores
de inglês britânicos:
Phillip de Lacy White e Julian de Lacy White.

1

Um homem com seu caminhar apressado atravessou a avenida, segurando fortemente sua pasta, onde guardava muito bem escondida sua coleção de moedas. Era ele o oitavo filho de uma família de nove irmãos. Como os mais velhos trabalhavam duro todo dia como vendedores no comércio do avô, incomodavam-se porque Frederico ali não aparecia. Alguns diziam: "Esse nosso irmão é um vagabundo". "Não passa de um inconsequente, um boa-vida", acrescentavam os outros.

Enganavam-se muito, pois Fred, como era chamado na intimidade, vivia, sim, de um lado a outro, mas à procura de moedas raras. Além dessas preciosidades, possuía outra não menos importante coleção de amigos, entre os quais se encontravam duques, condes, barões, lordes e milionários de vários países. Até mesmo com dois príncipes já havia entrado em contato. Vivia, pois, fazendo novas e significativas amizades que acabavam por lhe render excelentes negócios.

Nem todas as suas moedas vendia; algumas eram ofertadas, principalmente se a pessoa em questão fosse um nobre da mais alta estirpe. Desejava que se sentisse em dívida para com ele.

Apesar de ter nascido em Budapeste, percorria a Europa fazendo sempre novos contatos e descobrindo, aqui e ali, uma ou outra preciosidade de valiosa importância que acabava por acrescentar à sua coleção. Com a idade de 25 anos já desfrutava de uma vida interessante e movimentada e seu trabalho rendia-lhe muito. Estando sempre a viajar de trem, acabava por travar conhecimento com uma ou outra pessoa, o que às vezes lhe resultava um bom negócio.

Em recente viagem a Berlim, ao seu lado sentou-se um idoso senhor. Possuía barbas brancas, que ressaltavam o brilho dos seus olhos negros. Frederico, vendo que tinha um anel com uma insígnia na parte superior, curioso apresentou-se e disse-lhe que era um pequeno colecionador de moedas. Depois, perguntou, desculpando-se pela ousadia, se poderia esclarecer-lhe algo.

O idoso, vendo que o passageiro ao lado desejava falar-lhe, pôs seu ouvido atento.

– Poderia o senhor dizer-me de que época e local é esse símbolo que se encontra em seu anel?

O desconhecido então lhe contou que nascera em Istambul, na Turquia, que o seu nome era Mohamed e que o anel havia herdado de seu pai, que, por sua vez, herdara de seu avô. Estava a joia na família desde o seu tataravô que viera do Irã, antiga Pérsia. Não saberia, na verdade, informar-lhe a época corretamente e nem quanto custara, mas tinha por ele um enorme apego, pois era-lhe de inestimável valor sentimental. Simbolizava a descendência do seu clã. Encontrava-se na família há várias gerações. Jamais dele se desfaria, pois estava destinado a seu primogênito.

Frederico conversou mais algum tempo com Mohamed, depois lhe pediu que descansasse sua mão na janela do trem, isto é, se não se incomodasse. O húngaro, através do espelho da vidraça, pôde ver que um homem sentado no banco traseiro estava também atento ao assunto.

O turco, procurando um lugar onde a luz não estivesse muito clara, ali colocou a mão. Não houve possibilidade de avaliar o anel adequadamente, mas, como exímio conhecedor, calculou que de fato era muito antigo e certamente de ouro maciço. Apesar de muito interessado, demonstrou indiferença. Era o que sempre fazia em se tratando de negócios. Jamais o dono da preciosidade deveria sequer imaginar o quanto a joia o havia impressionado e tampouco que possuía elevado valor. Não era o caso daquele anel, até porque não houve possibilidade de avaliá-lo devidamente.

Disse-lhe apenas que era um belo exemplar. O mundo dos negócios sempre fora um verdadeiro jogo de xadrez e por isso os participantes deveriam prever muitas jogadas à frente de seu adversário. Como negociante, Mohamed conhecia bem todas as regras das transações comerciais. O assunto morreu ali, mas, antes de deixar o trem, o senhor entregou-lhe um pequeno cartão onde havia um nome e um telefone. Disse-lhe que era de um sobrinho e falou um pouco sobre ele. Sugeriu que o contatasse, pois tinha certeza de que haveria interesse para ambas as partes. Frederico agradeceu, despediu-se e, satisfeito, saiu do trem.

Rumou para o hotel onde costumava hospedar-se. Ali o tratavam com especial deferência, pois o conheciam de longa data. Chegando ao quarto, depois de passar pela recepção, depositou sua bagagem em uma poltrona, lavou as mãos e o rosto e olhou novamente o cartão que tinha recebido. Em seguida, deu um telefonema para o senhor Hans Schultz e perguntou se poderiam encontrar-se. Seu interlocutor concordou e o convidou para jantar em sua residência. Ele, então, barbeou-se, tomou banho, selecionou um bom terno e uma gravata italiana. Pôs no rosto um pouco de água-de-colônia, apanhou sua pasta e desceu. Pediu que lhe chamassem um táxi.

Deixando o hotel, dirigiu-se para a moradia. Ao chegar bateu à porta. O amigo recebeu-o apertando-lhe a mão calorosamente. Foram para a sala. Logo depois, nela entrou Helga, a bela filha do dono da casa. Cumprimentou-o e desapareceu, voltando após uns quinze minutos para anunciar-lhes que o jantar já estava servido.

Os homens falavam de negócios à mesa; a moça os ouvia atentamente. Seus olhos azuis eram expressivos e Frederico já os havia notado. Entre uma frase e outra, o visitante e a jovem trocavam furtivos olhares. Contou ao amigo seu encontro no trem e este o advertiu do risco que corria falando com estranhos sobre sua coleção.

– Em Berlim, por esta época, a pobreza duplicou. Há muita gente sem o que comer. Imagina apossar-se de uma coleção de moedas raras.

O húngaro disse-lhe, então, que pareceu ser um bom homem, o velho turco. Mas, mesmo assim, o alemão o aconselhou a ter muita cautela.

Frederico levou em consideração o conselho, pois tinha o senhor Schultz como um homem sensato.

Depois de jantar, o dono da moradia perguntou se havia trazido novidades.

– Tenho algumas – respondeu.

Passaram para o escritório e Fred mostrou o que trouxera. Uma gaveta foi aberta e dela tirada uma pequena lupa.

O senhor Schultz observava-as com especial atenção. Em determinados momentos, levantava a cabeça e esboçava um sorriso para o vendedor.

– Quanto custarão essas duas? – interessado, indagou.

Uma delas era uma moeda da época do Segundo Império brasileiro. Possuía o rosto do imperador D. Pedro II e era de ouro maciço.

O valor foi apresentado, discutiram um pouco o preço e, por fim, entenderam-se e fecharam negócio.

O dono da casa ainda o convidou para tomar um licor. Pouco depois se despediram e Fred saiu, não sem antes lhe apertar a mão e lançar seu mais sedutor sorriso para Helga.

2

Ao encontrar-se na rua, observou a noite. Uma lua lhe sorria. As luzes pareciam mais intensas e a paisagem urbana mostrava uma beleza arquitetônica que nunca percebera antes. Procurou segurar firme sua pasta enquanto admirava o céu salpicado de estrelas. A filha de Hans mais uma vez tocara-lhe os sentimentos. Inebriado pela imagem daquela presença, caminhava como se flutuasse sobre nuvens. Sentia o adocicado perfume das flores vindo dos bem tratados jardins.

Quando percebeu, já havia percorrido quatro quadras. Apanhando um táxi que passava, retornou ao hotel. A violência proliferava a cada dia. Ao chegar, recebeu sua chave e subiu. Quando a colocava na fechadura, do quarto ao lado, surgiu um homem baixo e atarracado, dizendo ser Johann, o sobrinho do senhor Mohamed. Disse-lhe também que, se não estivesse cansado, gostaria muito de com ele conversar.

Por um breve instante, tentou organizar seus pensamentos, lembrando o que lhe dissera o senhor Hans. Entretanto, a vida já lhe havia ensinado a não se admirar de nada. Como era jovem e curioso, resolveu aceitar o convite do desconhecido. Sugeriu descerem e conversarem no saguão. O vizinho recusou, esclarecendo que o assunto que desejava com ele tratar era estritamente confidencial. Não poderia correr o risco de ser ouvido.

Propôs-lhe então entrar em seu quarto, mas o misterioso homem não aceitou, indicando seu próprio aposento. Entraram no quarto do senhor Johann e este lhe apontou uma poltrona disponível. Servindo um copo de uísque, ofereceu a Frederico, que o recusou, dizendo que já havia bebido aquela noite e que não costumava ir além de sua cota. Não sabendo o quanto já havia consumido, deixou ao seu lado, por via das dúvidas, um cálice de conhaque.

– Encontrei com meu tio e ele indicou-me o seu endereço – falou o estranho.

– Deve haver algum equívoco, senhor, pois foi o seu tio que me deu o seu nome e telefone em um cartão. Ignorava para onde eu viria.

– É verdade – acrescentou, olhando-o com as pálpebras, agora, já semicerradas.

– O senhor não é, então, o sobrinho do senhor Mohamed? – perguntou Fred bastante arrependido de não ter deixado sua pasta no quarto.

– Sua rapidez impressiona – falou o homem, com o copo na mão e esboçando um enigmático sorriso, enquanto o observava atentamente.

Depois de uma pausa terrivelmente constrangedora, continuou:

– Para ser sincero, senhor Frederico, ouvi sua conversa no trem com o árabe e resolvi segui-lo.

Fred começou a sentir-se incomodado, mas a sua curiosidade não lhe permitia abrir a porta e dali sair.

– Digamos assim – expressou-se o senhor Johann –, tenho uma proposta a lhe fazer. Sou também colecionador

e caiu-me nas mãos, faz algum tempo, uma preciosidade de valor inestimável.
Como não o conhecia, não acreditou no que dizia. Ouvia atento as palavras pronunciadas para saber onde o estranho tencionava chegar.

— Possuo um selo da época de Ciro II, chamado O Grande. Foi ele rei da Pérsia. É uma raridade. Constam registros de que só existem vinte exemplares no mundo e um deles pertence a mim.

Batia no peito, demonstrando muito orgulho de possuí-lo.

— A letra de câmbio foi inventada também na Pérsia, em 360 — disse.

— Ah! Muito interessante! Mas quanto valem esses selos, aos quais o senhor se refere?

O homenzinho depois disso, parecendo preocupado, lançou um olhar em direção à porta e a ela dirigiu-se, pé ante pé. Encostou seu ouvido na madeira com o rosto tenso e, depois de rodar lentamente a chave, abriu-a de supetão. Explicou que era para certificar-se de que ninguém os estava escutando.

Embora Frederico começasse a pensar que o desconhecido não era muito bom das faculdades mentais, continuou ouvindo-o. Chaveando a porta novamente, seguiu contando a história.

— Quando Ciro II conquistou seus vizinhos, entre eles encontravam-se os hebreus. Foi esse rei considerado generoso, pois permitia aos povos por ele submetidos manterem o culto a seus deuses. Naquela época, cada povo do Oriente Médio possuía divindades diferentes. Os hebreus eram os únicos monoteístas, isto é, adoravam um só deus, de nome Jeová, ou Javeh. Todos os outros eram politeístas. Moisés, baseando-se nas ideias de Akhenaton, faraó do Egito, percebeu a importância de seu povo reunir-se sob uma única divindade. O poder do governante ficaria centralizado e concentrado ao redor de uma mesma crença e de um mesmo deus. A verdade era que o monoteísmo facilitava o total controle da população. Quando Ciro II livrou-os do cativeiro da Babilônia, na antiga Mesopotâmia, eles retornaram para a sua região. Registros existem e alguns mostram que esse fato possui duas versões: a primeira era que os hebreus prometeram pagá-lo muito bem, caso fossem libertados; a segunda era que, por gratidão por estarem em liberdade, enviaram presentes ao rei, pretendendo com isso mantê-lo como aliado.

Escutava-o atentamente. Depois falou:

– Entendi, mas o que o senhor pretende fazer com o selo que lhe pertence?

– Ainda não sei ao certo, mas está muito bem guardado e em total segurança, posso afirmar-lhe.

O húngaro, embora já impaciente, mantinha ainda sua curiosidade aguçada.

O desconhecido repetiu que os selos eram um presente ou o pagamento, não se sabia ao certo.

– A verdade é que eles chegaram à Pérsia. Veja bem, não eram selos como hoje possuímos. Foram feitos com o mais puro ouro, em forma retangular e tão finos como um papel. Tinham minúsculos brilhantes incrustados do lado esquerdo de quem olha. São mais espessas as partes que serviam para a incrustação. Também são eles bem maiores que os selos que hoje conhecemos. Ah! Lembrei-me, embaixo há uma minúscula Estrela de David, quase imperceptível a olho nu.

Como Frederico acostumara-se a ouvir estórias, pois essas eram continuamente contadas, principalmente quando uma nova moeda era adquirida, interessou-se de imediato. Estórias e História sempre seriam a melhor forma de seduzi-lo, mas às vezes careciam de veracidade, careciam totalmente de veracidade...

Bastante impaciente, perguntou ao senhor Johann se esse era seu verdadeiro nome. O homem confessou-lhe então que se chamava Bóris e gostaria muito de tornar-se seu amigo.

O húngaro, bastante aborrecido com tanto mistério, perguntou o que realmente desejava.

Agora, melhor observando-o, percebeu que era um tipo grotesco, bastante rude, mais parecendo um carroceiro endomingado.

– Gostaria, se possível, que um dia desses fôssemos à casa de um grande colecionador muito amigo meu. Lá poderemos conversar melhor e, quem sabe, até realizar algum negócio.

Fred concordou, pois estava cansado e desejava dormir. Amanhã veria o que era melhor fazer. O sono era um bom conselheiro, diziam.

Apanhou sua pasta e saiu do quarto de Bóris, abrindo o seu, não sem antes ser avisado de que deveria manter total sigilo sobre o que ouvira.

Disse-lhe então que não costumava falar sobre negócios nem mesmo com seus familiares, portanto ele poderia tranquilizar-se. Fechou sua porta no mesmo instante em que Bóris trancava-se ao lado.

Ao entrar, depositou a pasta no armário e pôs a mesinha de cabeceira junto à porta, agora chaveada. Caso alguém a abrisse, ao cair, o ruído o despertaria. Vestiu o pijama e foi para a cama. Custou, porém, a conciliar o sono, pois ficou a pensar se toda aquela conversa não havia sido inventada apenas com a intenção de roubar-lhe as moedas. Não iria levá-las consigo, caso fosse visitar o amigo de Bóris. Afinal, não era nenhum ingênuo. Se parte de sua coleção estivesse em segurança, tudo o mais seria uma grande aventura. Assim pensando, adormeceu.

3

O sol já iluminava o quarto quando olhou o relógio e viu que passava das nove horas. Levantou, lavou o rosto e vestiu-se. Depois de olhar-se novamente no espelho, abriu a porta e saiu. Pôs a chave no bolso e desceu para o desjejum.

Ao garçom que lhe servia perguntou se conhecia o senhor que se encontrava no quarto 64.

– No meia quatro, senhor? – conferiu o garçom.

– Exato, no meia quatro – confirmou.

– Bem, que eu saiba, esse quarto está sem hóspedes, senhor.

– Como assim?

– Ninguém o ocupa faz semanas, senhor.

Agradecendo ao garçom, pensou que nem sempre os serviçais conheciam o real movimento do hotel. Perguntaria para o gerente mais tarde. Quando terminou o desjejum, levantou e dirigiu-se à portaria. Fez a mesma pergunta que havia sido feita ao garçom.

O gerente, então, apanhou uma planilha, examinou-a minuciosamente e informou-lhe que esse quarto encontrava-se desocupado.

Fred agradeceu e dali saiu intrigado. Em sua mente as perguntas fervilhavam. Quem seria o senhor Bóris? Como o gerente não sabia? Pior seria se soubesse e estivesse empenhado em ocultar sua identidade. O homem poderia muito bem ter a chave porque possivelmente a copiara e, com a permissão de alguém que lá trabalhava, às vezes ali pernoitava, sem o conhecimento do gerente.

Podia ser também que o gerente soubesse e ocultasse o fato, porque era um de seus amigos ou, quem sabe, talvez até algum parente. Estaria metido em alguma situação constrangedora por ter falado com o senhor Mohamed no trem?

Depois de permanecer algum tempo mergulhado nos mais preocupantes pensamentos, veio-lhe à mente que, embora ele fosse já bastante conhecido, o garçom e o gerente mantinham o velho hábito de não revelarem quem eram as pessoas que no hotel estavam hospedadas. Com a crise e a violência pelas quais passava Berlim, a pergunta seria, no mínimo, suspeita, e a revelação, altamente comprometedora.

Chegando ao quarto, ouviu o telefone tocando e, ao atendê-lo, teve uma grata surpresa.

Sua prima Astrid convidou-o para o aniversário da filha que completara cinco anos. Fazia algum tempo que não as via. Quando esteve em Berlim, na viagem anterior, a família estava em excursão pelas ilhas gregas.

O aniversário era às 15 horas para as crianças, mas foi convidado para lá comparecer às 20 horas, pois seria oferecido um jantar para os amigos.

Resolveu esquecer a triste situação na qual poderia estar metido e saiu. Compraria um presente para a pequena Gisella. Encontrou uma linda boneca com cabelos loiros e foi essa a sua escolha.

Retornando ao hotel, passou por uma antiga livraria. Na vitrine encontrava-se um exemplar sobre moedas. Entrou e pediu permissão para folheá-lo. Entusiasmado com o livro, comprou-o. Pagou e saiu.

Como a livraria não era longe do local onde estava hospedado, retornou a pé. Sentia-se contente, pois veria a prima e a pequena Gisella. Entrou no hotel quando o relógio marcava onze e meia. Aquele final de manhã transcorrera bem e ele o despendeu folheando o livro que havia adquirido. Interessado, viu que algumas moedas ali mostradas ele as havia adquirido. As horas correram e o relógio marcava quase uma hora da tarde. Como desejava almoçar, saiu novamente e foi até um restaurante que se encontrava a cinco quadras de onde estava hospedado.

O local era especializado em caças. Na parede, ao fundo, havia uma pintura de animais fugindo de caçadores em uma floresta.

Ao chegar ao restaurante, entrou e sentou-se. Um garçom aproximou-se; Fred, verificando o menu, decidiu pedir lebre com creme de espinafre e batatas ao vapor. Não houve nenhuma demora para ser servido. Já começara as primeiras garfadas, quando entrou no restaurante o misterioso homem da noite anterior. Estaria seguindo-o?

Viu que o estranho estava acompanhado de uma bela mulher muito mais jovem que ele. Ignorou-o completamente.

O senhor Bóris, se era realmente esse o seu nome, não lhe dirigiu sequer um olhar.

Frederico chamou mais uma vez o garçom e pediu que lhe trouxesse uma jarra de vinho tinto.

Embora curioso, evitou perguntar ao garçom sobre o cliente que acabara de chegar. O casal sentou-se em uma mesa atrás da sua, o que o impedia de observá-los. Não deveria e nem lhe passou pela cabeça virar-se, nem mesmo para cumprimentá-lo ou, quem sabe, até para certificar-se de que aquele era de fato o seu vizinho de quarto.

Ao terminar o almoço, chamou novamente o garçom e pediu que lhe trouxesse a conta. Pagou e saiu. Na calçada lançou um rápido olhar para a mesa do casal, mas nada identificou que pudesse esclarecer ou desvendar-lhe o mistério. Dirigiu-se para o hotel satisfeito com a escolha feita para o almoço, mas intrigado com o assunto do restaurante. Chegando ao quarto, colocou a chave na fechadura e entrou, sentindo o agradável odor de limpeza.

Depois sentou-se em uma poltrona e seus pensamentos o perturbaram. Tentou encaixar os elementos para melhor raciocinar. Passados uns quinze minutos, chegou à conclusão de que aquele que vira no restaurante não era o seu vizinho de quarto.

Por que havia chegado a essa conclusão? Simplesmente por um pequeno detalhe: Bóris não possuía bigode e o homem que vira ostentava um tão grande que se espalhava por boa parte do lábio superior. O senhor do restaurante era mais magro e mais alto também.

A verdade era que o senhor Bóris possuía um rosto comum. Muitas pessoas se pareciam com ele. Ah! Se não era o mesmo homem, não estava sendo seguido. Acreditava que a mente às vezes fazia suas tramas contra nós; era a "louca da casa".

Desceu e ali permaneceu lendo o jornal no saguão. A política, como sempre, nauseava. Como seria bom se todos os povos tivessem homens honrados e responsáveis que pudessem administrar com sabedoria e não esquecessem que o tesouro dos cofres deveria ser sensatamente utilizado. Almejava que o marechal e político alemão Hindenburg, presidente do Reich desde 1925 e que acabara de nomear Adolf Hitler como chanceler, pudesse ainda raciocinar bem, embora com idade avançada. Desejava que nenhum mal lhe ocorresse.

Quando depositou o jornal na mesa à sua frente, viu que mais hóspedes chegavam naquele momento.

Subiu e resolveu recostar-se até, quem sabe, dormir um pouco, pois deitara-se tarde na noite anterior devido à prolongada conversa com o vizinho. Puxou a cortina para que a luminosidade não penetrasse, despiu-se e foi para a cama. Teve agradáveis sonhos, Helga corria em sua direção para abraçá-lo. Podia sentir suas mãos delicadas acariciando o rosto dele e beijando-o com paixão.

Ao acordar, o sol já havia declinado. Olhando o relógio, viu que estava na hora de vestir-se para a festa de aniversário da pequena Gisella. Dirigiu-se para o banheiro, olhou-se no espelho para verificar se precisava barbear-se. Viu que não precisava. Banhou-se, pôs o seu melhor terno, usando a mesma gravata de seda, sempre muito elogiada. Depois de vestido, quase na hora de sair, arrependeu-se de não ter deixado suas moedas no banco em segurança. Deveria levá-las consigo ou mantê-las dentro do armário.

Resolveu deixá-las chaveadas no guarda-roupa do quarto. Olhou a carteira para verificar o dinheiro e, antes de sair, apanhou o presente da aniversariante.

Deixando o hotel, dirigiu-se a uma florista, comprou tulipas para sua prima, pois sabia que as apreciava. Ao ver um táxi, fez-lhe sinal e nele entrou informando o endereço. O automóvel rodou e minutos depois o motorista apontou a casa. Pagou, ouvindo a algazarra. Uma música muito alta tocava e a moradia estava totalmente iluminada. Para uma época de contenção e pobreza, havia ali exagero. Sabia, entretanto, que aquele era o modo alemão de divertir-se, isto é, ruidosamente. Bateu à porta com a aldraba, que possuía uma cara de leão.

Astrid apareceu muito corada. Abraçou-o rápido, convidando-o a entrar.

– O pessoal – assim falou – está nos fundos com dois barris de chope, vamos para lá.

Fred entregou o presente para Gisella e as flores para a prima. A dona da casa agradeceu e foi buscar um vaso para depositá-las.

– Infelizmente, minha filha está dormindo cansada das brincadeiras, pois correu a tarde toda com as amiguinhas.

Organizando as tulipas em um vaso, disse:

– São minhas preferidas, muito obrigada.

– Eu sei – falou Fred, esboçando seu belo sorriso.

Foram para os fundos da casa.

A moradia possuía não só um jardim na frente, como muitas árvores na parte de trás. Estas se estendiam formando um pequeno bosque.

Ao encontrar Werner, o marido de Astrid, e seus amigos, pôde ver que estavam embriagados. Sentiu-se momentaneamente constrangido. Jamais havia bebido daquela maneira, isto é, a ponto de não conseguir articular as palavras e com dificuldade de manter-se equilibrado.

Werner o apresentou e o convidou a sentar-se. Escolheu uma cadeira e um dos beberrões, em seguida, alcançou-lhe um enorme caneco de chope. Bebeu alguns goles, sentindo o gosto um pouco amargo, mas saboroso.

O assunto discutido era a política e alguns expressavam o desejo de que houvesse uma guerra e a Alemanha submetesse os demais países europeus. Mostravam-se contra o golpe bolchevista que o país já tivera.

Via-se que os embriagados demonstravam agressividade e preconceito em relação a outros povos. Pediram sua opinião sobre a social-democracia e o partido nacionalista de Hitler. O visitante optou apenas por dizer que não era a favor de ditadura e encerrou o assunto.

A maioria, com várias doses de bebida, discutia calorosamente a inflação pós-guerra e todos os problemas que dela decorreram. As esposas encontravam-se um pouco afastadas, falando sobre os filhos e sobre seus afazeres domésticos. Orgulhavam-se das flores que cultivavam em seus jardins. Por um segundo, admirou aquelas pacíficas senhoras e desprezou os bêbados furiosos e altercados, muitos deles xenófobos e com opiniões radicais.

Como húngaro e colecionador, o que conhecia da Alemanha era o que observava no dia a dia e também as conclusões que tirava lendo os jornais. Como suas relações de negócios e amizades encontravam-se nas classes privilegiadas, não podia generalizar a situação financeira e nem como as pessoas de um modo geral pensavam. Porém, o que estava acontecendo na economia levava o povo à miséria e consequentemente à violência em Berlim. Não podia prever ao certo no que aquilo desembocaria dali a meses, ou talvez só em algumas semanas.

Astrid começou a colocar na mesa pratos tipicamente alemães: porco e caças acompanhados por batatas e chucrute. Tortas de variados tipos, sem faltar o "Apfelstrudel", que todos apreciavam, foram depositadas para os convidados.

Fred permaneceu um longo tempo observando o discurso agressivo, quase violento, de alguns que ali se encontravam. De repente, deu-se conta de que o tempo havia passado, pois um cuco surgindo de uma janelinha anunciou a hora. Levantou, foi até a prima e o marido e despediu-se. Para os embriagados deu um aceno de mão e saiu.

4

Encontrava-se agora novamente na calçada. Resolveu não ir direto para o hotel. Pensou em revisitar um antigo restaurante que se encontrava a algumas quadras dali. Foi a pé até o local. Ao chegar, havia poucas pessoas. Escolheu uma discreta mesa de canto e ali se acomodou. Ao ver o garçom, pediu que lhe trouxesse um conhaque.

– Nada mais, senhor? – o garçom perguntou.

– Nada mais, obrigado – respondeu.

Quando o garçom retornou e a bebida estava sendo servida, viu entrar um senhor aparentando ter uns sessenta anos, corpulento e bem-vestido. Possuía ele um ar solene e uma polidez arrogante.

Ao vê-lo, dirigiu-se para sua mesa, cumprimentou-o e ali se deteve conversando como se fossem velhos amigos. Começou a dizer que, apesar de todos os problemas existentes, a noite em Berlim era movimentada. Falou que havia sido um grande prazer reencontrar-me e, pedindo licença, sentou-se à mesa.

Falou sobre a crise pós-guerra e disse que em 1923 um maço de cigarros na Alemanha custava quatro milhões de marcos.

– Imagina – disse –, quatro milhões de marcos... Bem, mas a verdade era que o marco nada valia. Isso fez com que a maioria das pessoas perdesse a fé no futuro. O pior é que a desordem financeira é acompanhada sempre pela corrupção e decadência moral. O carvão estava difícil de se obter e os artigos de primeira necessidade duplicavam o preço diariamente. As pessoas morriam pelo frio e pela falta de alimentos.

Falava com desenvoltura sobre a situação alemã. Fred não tinha a menor ideia de quem ele poderia ser. Bastante constrangido, continuou calado. Concordava com a cabeça às vezes com o que o senhor comentava. Falava sobre Paris, Londres e Budapeste com profundo conhecimento. Frederico o observava amargurado por não lembrar quem na verdade ele era.

Em um determinado momento, porém, comentou que Magda, sua mulher, viria de Londres para encontrarem-se e que a esperava na manhã seguinte. Ao mencionar o nome de Magda, acendeu-lhe na mente uma luz. Lembrou-se de que morava em Londres, seu nome era Edward e o conhecera quando vendeu uma moeda a um britânico que era seu amigo. Lembrou-se também que várias vezes mencionara o nome de Magda, sua mulher, naquela ocasião.

O pior, pensou, é que com ele não simpatizava. Possuía o inglês uma pretensão e uma forma muito gutural de pronunciar as palavras que o aborreciam, dando-lhe a impressão de esnobismo.

Na ocasião em que o encontrou, o amigo dele comprara uma rara moeda do início do Império Austro-Húngaro que era de ouro maciço e muito cara.

Apesar de sua falta de simpatia, continuou dissimulando. Fingiu afabilidade por polidez. Alguém lhe dissera, certa vez, que cortesia produz gentileza e que as duas juntas geram amizade.

Falou-me, então, que sabia que eu era um vendedor de moedas raras e que também seria a pessoa certa para propor-me um negócio.

Observava-o em silêncio com uma imensa vontade de sair dali, mas por educação continuava escutando-o.

– Vamos prolongar a noite? – sugeriu.

Convidou-me então para ir a um clube privado, onde se apresentavam belíssimas mulheres que dançavam movimentando os quadris como as latino-americanas. Não era o que queria, mas o inglês já havia incendiado sua imaginação. Depois que concordou em acompanhá-lo, deixaram o restaurante. Chamaram um táxi e nele entraram. O senhor deu o endereço e, depois de muito rodar, o carro finalmente parou.

Começou a ouvir uma agradável música que vinha do interior do clube. O inglês apanhou a bengala que era seu toque britânico e não o deixou pagar. Retirando a carteira, deu ao motorista uma quantia maior do que ele havia estabelecido. O homem saiu sorridente, agradecendo.

Dentro do clube, um jovem pediu que o acompanhasse e nos conduziu a uma mesa próxima ao palco. As bailarinas rebolavam-se com muito charme e sensualidade dentro de suas exíguas vestes.

Quando a apresentação terminou, uma delas, da qual não conseguira tirar os olhos, veio em minha direção. Como me lembrava muito Helga, convidei-a a tomar uma bebida. O inglês disse-me que estava retornando ao hotel, pois sua mulher chegaria pela manhã.

Deixou seu telefone e pediu o meu. Saiu em seguida, mas antes desejou-me uma agradável noitada, olhando para a minha acompanhante e depois para mim.

A verdade foi que as bebidas acabaram por levar-me ao apartamento de Mirna – o nome da bailarina. Passei com ela boa parte da noite. Comentava que o senhor Edward MacGrey era um antigo cliente do clube. Sempre ali vinha quando se encontrava em Berlim. Perguntou se eu era parente ou algum amigo e há quanto tempo o conhecia. Falou que o senhor MacGrey pertencia à embaixada inglesa, mas que havia nascido na Escócia. Disse-me também que ele havia trabalhado no Serviço Secreto durante a Grande Guerra. Atualmente, esclareceu, dedicava-se a escrever. Eram livros sobre política e economia. Frederico apenas ouvia o que Mirna lhe contava. A conversa durou mais algum tempo, depois se despediram.

O húngaro retornou ao hotel.

5

Na manhã seguinte o senhor Edward ligou convidando Fred para uma excursão com ele e a esposa, pois precisava comigo compartilhar algo.

Não fazia a menor ideia do que se tratava. Magda, a esposa do senhor Edward, chegara pela manhã, vinda de Londres. Ele a amava muito, pois lembrei de quem ele era, porque, na casa de seu amigo, referira-se a ela inúmeras vezes. Deduzi que um dos dois estivesse doente e na minha companhia as suas vidas lhes pareceriam mais seguras. Talvez também um pouco mais divertidas. Afinal eu era jovem, pois só tinha vinte e cinco anos, poderia ajudá-los. Mesmo antes de obter a minha resposta, cercou-me de uma forma sedutora com o convite. Informou que as passagens já haviam sido adquiridas e que o hotel em Roma, para onde iríamos primeiro, encontrava-se pago. Visitaríamos também Florença, pois sua mulher tinha pela arte florentina especial apreço. Iria fazer um curso de pintura com três renomados artistas naquela cidade. Acrescentou que não precisaria preocupar-me com dinheiro, se era seu convidado ficaria tudo por sua conta.

É claro que, apesar de encontrar-me bastante confuso sobre o que exatamente deveria pensar de tamanha prodigalidade, resolvi embarcar naquela aventura.

Berlim amedrontava-me com o que lia nos jornais e com muitos fatos por mim observados. Havia ainda também o misterioso senhor Bóris. Este precisaria esperar ou a estória terminaria com a minha partida.

No dia em que deixava o hotel, ao sair deparei-me com o número 64. Este número estava na frente de meu quarto e não ao lado, como tinha pensado. Havia motivo quando na família chamavam-me de "no mundo da lua", por ser por demais distraído. Com isso a tranquilidade me foi devolvida, pois, se o estranho não estivera acobertado pelos funcionários do hotel, isso, por si só, já seria um consolo.

Pensou em depositar suas moedas em um banco, mas resolveu levá-las consigo.

Quem sabe encontraria interessados em comprá-las?

Colocou a pasta dentro da maleta. Desceu e acertou as contas. Apanhou um táxi e rumou para a estação de trem. Ao chegar, pagou, apanhou a maleta e desceu do carro.

Correu os olhos ao redor e viu o senhor Edward e a esposa sentados com suas malas e valises. Fred aproximou-se, cumprimentou-os. Pôde ver que Magda aparentava ter uns quarenta anos ou um pouco mais. Apesar de não ser bela, era simpática e elegante. Falava fluentemente o alemão. Depois da apresentação e algumas palavras trocadas, o inglês convidou-os para tomar um chá. Preferi um cafezinho. Sentamos em uma cafeteria e ali permanecemos. O senhor Edward encontrava-se de costas para a pequena multidão, enquanto nós, sua mulher e eu, estávamos lado a lado e de frente para o público. De repente, dei-me conta de que um homem alto, magro e loiro com o tipo de inglês olhava para nossa mesa e tive a impressão de que Magda o observava atentamente. Ele deu dois passos para frente e elevou a bengala, que era mais grossa que as demais; fez com ela dois círculos no ar e depois a usou como apoio, sempre a olhando.

O estranho que se exibia aparentava ter uns trinta e poucos anos.

Olhei para Magda e percebi que admirava o incomum gesto do desconhecido. Quando o malabarista acabou, perguntei:

– A senhora o conhece?

– Não tenho a menor ideia de quem seja – respondeu.

Nesse meio-tempo, o senhor Edward quis saber o que estava acontecendo. Informei-o. Como não era do seu modo de ser preocupar-se com estranhos, disse-nos que provavelmente seria um daqueles nossos conterrâneos desejando chamar a atenção.

– Quer ser notado – comentou.

Esqueci o fato e, minutos depois, recebi das mãos do inglês a passagem. Guardei-a na carteira e continuei tomando o café.

Sua esposa mencionava os florentinos dizendo que possuíam fama de avarentos, mas que seus cérebros ignoravam as meias medidas quando se tratava de beleza. Esqueciam seu excesso de contenção e gastavam desmesuradamente, tanto para adquirir pinturas como para pagar um mestre ou um exímio professor. Pouco depois, ouvimos o aviso do embarque e a plataforma para onde deveríamos nos dirigir. Os lugares eram na primeira classe e, sendo assim, ficamos muito bem acomodados.

O assunto transcorreu sobre o tempo, que parecia ter nuvens pesadas, e sobre o conforto que desfrutávamos.

Em um determinado momento, quando Magda foi ao toalete, o senhor Edward instruiu-me, dizendo que se algo lhe ocorresse, algum contratempo, eu deveria convencer sua mulher a ir para o curso, assegurando-lhe que me encarregaria dele ou até mesmo de procurá-lo, se fosse o caso. Ouvi-o atentamente e disse que não se preocupasse, que assim o faria.

A viagem foi tranquila. Adormeci em seguida. Não havia dormido o suficiente na noite anterior devido à "festa" com Mirna.

Quase em Roma, o inglês chamou-me e acordei sobressaltado, pensando onde estariam minhas moedas. Lembrei-me de que as depositara na maleta. Com isso, tranquilizei-me.

Meu companheiro de viagem comentou, de um modo um tanto irônico:

– Chegamos à cidade dos Césares.

Quando a observei, acrescentei:

– Está bastante decrépita, não lhe parece?

– Os romanos deixam-na assim de propósito, querem que tenhamos a noção de sua antiguidade. Não fazem a menor questão de restaurá-la, torná-la renovada aos olhos dos turistas. Quanto mais sem pintura, descascada e caindo aos pedaços, melhor. É assim que a consideram valiosa! O que me desagrada nas cidades italianas é exibirem estátuas de homens nus. Por que não mostram o que tem de beleza no corpo feminino?

A observação fez-me rir. Concordei com ele, mas com relação ao envelhecimento não deixei de pensar que restaurar sempre foi muito caro, talvez faltasse dinheiro...

Tomamos um táxi que nos levou para um hotel encravado atrás de enormes arcadas e belas colunas. Bem ao fundo encontrava-se a entrada. Foi nele que pernoitamos.

6

Ao levantar-me na manhã seguinte, pude observar o intenso movimento de uma cidade que desperta: crianças com suas amas ou mães indo para o colégio, policiais dirigindo-se para seus postos. Todos caminhavam apressados.

Vesti-me olhando através do espelho o espetáculo do dia que iniciava.

Roma, na verdade, chamada "cidade das sete colinas", era monumental. Tudo nela havia sido construído com extravagância. A impressão era que o espaço encontrava-se por demais acanhado para o tamanho de suas gigantescas obras. As pessoas que nela transitavam estavam acostumadas à grandiosidade. Poucos se davam conta ou não se importavam. Entretanto, o turista sentia-se oprimido. A antiga capital, no entanto, possuía seus requintes, reflexo do Grande Império que havia sido. Lembrei os aquedutos, as praças onde circulava a água que rumorejava durante o dia e aumentava o murmúrio noite adentro no azul estrelado.

Conhecia o Vaticano e, ao visitar as pinturas da Capela Sistina, podia-se sentir a genial expressão do pintor Michelangelo.

Dentro da basílica, e mesmo no seu exterior, tinha-se a impressão de ser uma formiga entre as gigantescas colunas.

Estavam elas sempre a nos lembrar que éramos um grão de areia em comparação ao todo-poderoso Criador do Universo. Vesti-me e desci para o desjejum. Encontrei o senhor Edward sozinho. Magda ainda não descera. Enquanto tomávamos um suco de laranja, repetiu-me que, se algo com ele acontecesse, deveria convencer sua mulher a ir para o curso de Arte e dizer que eu iria me encarregar dele. Com aquela confirmação, concluí que havia preparado algo por mim ainda ignorado.

Que seria?

Magda apareceu e tomou um suco de laranja. Pouco depois, fomos para os quartos apanhar nossas malas e valises. Descemos novamente e na entrada do hotel um táxi nos aguardava. Foi com ele que fomos até o ônibus que nos levaria junto com os outros turistas à capital da Toscana.

A viagem foi prazerosa. Os passageiros eram em número de dez, oriundos da França, Inglaterra e Áustria. Havia também pessoas da América do Sul. Simpatizei com uma morena que me disse ser brasileira e com ela conversei boa parte do trajeto. Parecia muito animada com o fato de conhecer a requintada cidade de Lily. Era uma estudante de artes e pintava telas. Mostrou-me algumas fotografias de seu trabalho. Pude ver que não era só bela como também possuía talento.

A viagem de Roma a Florença durou poucas horas. O motorista dirigia vagarosamente, o que muito nos agradou. Levou-me a ver que era prudente e desejava também que admirássemos a paisagem. Aquela região havia pertencido à Áustria e também à França em um determinado momento.

Chegamos à bela cidade perto das onze da manhã.

Em seguida, deixamos o ônibus, apanhamos nossas valises e malas e nos dirigimos para uma cafeteria que não era muito longe dali. Instalamo-nos no local e o senhor Edward nos avisou que iria ao "loo" – apelido do toalete na Inglaterra. Sugeriu que tomássemos um café enquanto o aguardávamos. A cafeteria era "piccola" mas acolhedora. O garçom aproximou-se, Magda pediu um "cappuccino" e eu pedi um "macchiato".

Começamos a conversar. O garçom não demorou com os pedidos. Magda estava entusiasmada em aprimorar sua pintura com grandes mestres. Disse-me que o curso começaria às 14 horas. Nosso assunto versou sobre o requinte da cidade e o quanto ali havia sido palco de disputas políticas entre o Vaticano, os nobres, a Espanha e a França, durante a unificação da Itália. Era, como se dizia popularmente, um "ninho de serpentes". Lembramos a importância de "Niccolò Machiavelli" como diplomata e escritor. Havia sido também político e historiador. Era um notável florentino e escrevera um livro *O Príncipe*, que se tornou muito polêmico. Neste, ele dizia que os piores e mais escabrosos meios usados pelos governantes seriam válidos para justificar os seus fins. Estimulava a perfídia para conseguir um poder centralizado. Não importavam os meios, desde que estes obtivessem os fins desejados. Foi tão forte a influência da obra que o termo "maquiavélico" foi usado para todo aquele que não poupasse requintes sutis para ludibriar e conseguir os objetivos desejados.

    Rememoramos a morte na fogueira do dominicano, o frei Savonarola. Magda horrorizou-se só em pensar no fato. Comentamos a peste que expulsou muitas pessoas da cidade e inspirou Giovanni Boccaccio a escrever *Decamerão*. Estávamos entretidos na história de Lily, quando Magda em um determinado momento preocupada perguntou:
    – Onde está Edward?

Percebemos que se passara algum tempo que havia dito que iria ao banheiro. Olhei o relógio e era uma hora e vinte e sete minutos da tarde. Magda mostrava-se aflita. Tranquilizei-a, lembrando a orientação que recebera.

– Vá para o seu curso e me deixe o telefone – disse. – Não se preocupe, pois tenho certeza de que o encontrarei.

Demonstrei tamanha convicção que não vacilou. Confiando em mim, foi para a aula. Pedi para guardarem nossas malas e valises. Quando se afastou, comecei a procurá-lo. Percorri uma quadra e perguntei se haviam visto um senhor que aparentava uns sessenta anos, um tipo inglês com uma bengala e um chapéu-coco. Falei com duas ou três pessoas e uma delas aconselhou-me ir até um relojoeiro que se encontrava na próxima esquina.

Para lá me dirigi. Ao chegar, abri a porta e um senhor grisalho recebeu-me com cortesia. Fiz a ele a mesma pergunta que havia feito aos outros. Quase sussurrando falou:

– Acompanhe-me.

Levantou-se da cadeira e dirigiu-se para os fundos da loja. Abriu uma porta por onde entramos, havia um estreito corredor e o percorremos.

– Está aqui – disse, apontando para uma porta fechada.

Ao abri-la, deparei-me com o senhor Edward, sentado com um cálice de vinho do Porto à sua frente. Mostrou-se agradecido por tê-lo encontrado. Informei-lhe que sua esposa fora para o curso.

– Ótimo – disse ele. – Agradeço-lhe muito por tudo isso. Preciso confidenciar um fato que está me deixando louco. Magda está me traindo. Se não contar a alguém, perderei o juízo. Como pode ver, não sou mais jovem e também não pretendo divorciar-me. Depois que enviuvei, Magda foi a minha escolha e desejo que assim permaneça até minha morte. Já é parte da minha vida, a verdade é que hoje ela é a minha vida inteira.

Jogou-me tudo isso de supetão. Minha primeira reação foi sentir-me bastante aborrecido por ter me escolhido para compartilhar seu infortúnio. Não me considerava seu especial ou íntimo amigo e além do mais sua pessoa ainda não me era totalmente simpática.

Mas, subitamente, por um desses raros momentos que costumam acontecer, comecei a sentir por ele compaixão. Desejei sinceramente que conseguisse resolver seu doloroso problema afetivo.

Contou-me que sua esposa era alemã e que fora morar em Londres para estudar a pintura inglesa.

– Como pode ver, é ainda jovem. Na época que a conheci estava apaixonada pelos pré-rafaelitas e também por Turner. Mostrava tal interesse pela pintura que me impressionou. Encantei-me com a paixão que possuía e a pedi em casamento. Vivemos até aqui com muita civilidade. Confesso que fomos felizes inúmeras vezes na companhia um do outro.

– A propósito – interrompi o seu relato –, não estaria o senhor equivocado quanto a essa traição? Pois, quando temos muita diferença de idade de nossa parceira, podemos nos tornar às vezes paranoicos.

Contou-me então que a seguira e que a tinha visto entrar em uma determinada morada inúmeras vezes. Descobri que esta pertencia a um alemão, solteiro, possivelmente um antigo conhecido que reencontrara.

Depois de recuperar-me de tudo o que o inglês jogara em cima de mim, perguntei o que planejava fazer.

– Boa pergunta – respondeu. – Tenho uma ideia. Pretendo contratar alguém e infiltrá-lo na casa do amante da minha mulher.

— O senhor sabe quem irá executar essa tarefa?

— Bem — continuou calmamente —, estive pensando que, como trabalhas comprando e vendendo moedas, seria uma boa oportunidade não só de espioná-la, como de realizar também um bom negócio.

A resposta pareceu-me primeiro inconveniente, mas é claro que o fato de conhecer em Londres novos clientes seria bastante tentador. Disse-lhe:

— Se o senhor escolheu-me para ser o detetive, posso dizer que aceito de bom grado a tarefa. Só não sei como irei introduzir-me na casa desse homem.

— Deixe isso por minha conta — esclareceu. — Não é tão difícil. Possuo muitos amigos que certamente me ajudarão. Ele mora em Londres há alguns anos. Frederico, desde já fico muito grato. Não vais te arrepender de me prestar esse enorme favor. O que quero desde agora é tratar contigo o que me cobrarás para fazer esse trabalho.

— Senhor Edward, por quem me tomas? É claro que o farei de graça, afinal, sou um vendedor de moedas e é para mim uma grande oportunidade também...

Antes mesmo que completasse o meu pensamento, interrompeu-me dizendo:

— Preciso dar-lhe um bom dinheiro, Frederico, porque necessito de alguém que fale alemão e inglês, que seja jovem, sedutor e inteligente, e, sobretudo, que possua muita perspicácia. Além disso, tens um excelente motivo para visitá-lo. Como mercador de moedas, é a pessoa certa para executar a tarefa.

Perguntei, por curiosidade, quanto pensaria pagar-me, se fosse o caso, pois nada sabia sobre detetives. Expliquei-lhe que não deveria cobrar, pois havia sido seu convidado e estava agradecido por tudo o que tão generosamente já me havia ofertado. Mesmo depois disso, apresentou-me uma quantia que me pareceu exagerada. Como sempre conseguira ganhar um bom dinheiro com as moedas, não imaginava que me tornar um detetive eventual pudesse me render tanto. Expliquei que estava me pagando muito. Esclareceu dizendo que para ele era muito importante um trabalho feito por um amigo – não desejava contratar ninguém estranho, disse-me, pois se sentiria constrangido com isso.

Calculava que, devido a todas as qualidades que havia mencionado, a quantia estava perfeitamente adequada. Na verdade, a ideia era aproximar-me do alemão, me tornar seu amigo e conseguir, com uma conversa informal, descobrir a verdade.

– Não desejo ser eu mesmo o detetive – explicou –, pois, se o encontrar, certamente o esmagarei como a um verme.

– Nem pense nisso – ponderei. – O senhor não possui nenhuma prova de que tudo isso é verdade.

Conversamos um pouco mais sobre o assunto e finalmente confirmei o que já dissera:

– Aceitarei o trabalho para ajudá-lo.

Ser detetive iria me abrir novas portas; isso era, ao meu ver, sempre promissor. Um colecionador levava a outro e, em pouco tempo, haveria uma rede de compradores.

Depois me informou que havia, próximo à Ponte Vecchio, um pequeno teatro e que nele eram apresentadas peças interessantes. Disse que naquele dia estavam encenando um encontro de personagens – escritores. Alguns vivos e outros já mortos que se reuniriam com o objetivo de trocar ideias sobre as suas obras.

Voltamos em seguida à cafeteria, apanhamos nossas malas e valises e entramos com elas em um táxi; deixando-as no hotel Bristol. Com o mesmo táxi fomos para o teatro.

7

Depois que o senhor Edward comprou nossas entradas, nos sentamos confortavelmente. Decidimos pedir um bom vinho. Apesar dos meus rogos, o inglês não me deixou pagar. Ao observar melhor o interior, pude ver que o lugar era uma antiga cantina. A peça supostamente seria seu ponto alto, sua maior atração. Todos os que ali estavam eram admiradores das Artes Cênicas. Muitos espectadores já se encontravam sentados. A hora da apresentação chegou e, com os cálices de vinho e um prato de queijos, nós observamos a entrada dos personagens. Eram os que representariam os famosos escritores. Antes mesmo de acomodarem-se ao redor de uma enorme "távola" ovalada, lembrei-me de que devia um telefonema a Magda. Pedi licença ao senhor Edward e me dirigi à recepção. Entrei em uma cabine telefônica, apanhei o número e disquei.

Ao ouvir uma voz masculina, pedi para falar com Magda MacGrey. Ela veio rapidamente, disse-lhe que havia encontrado seu marido e que agora estávamos em um local para assistirmos a uma peça de teatro na qual se apresentariam escritores famosos. Agradeceu-me, pus o fone no gancho e retornei à mesa. Informei-o sobre o telefonema, mostrou-se agradecido.

Os atores-personagens começaram a ocupar seus assentos. Estava curioso para ouvi-los. Os nomes de cada escritor encontravam-se à sua frente: Leon Tolstoi, Marcel Proust, Franz Kafka, Virginia Woolf, Thomas Mann e Fiódor Dostoiévski.

O inglês perguntou-me por que haviam selecionado dois russos e um só escritor dos outros países.

– Bem – arrisquei –, talvez porque esses nomes sejam conhecidos mundialmente.

Pouco depois, porém, uma moça trocou o nome do Tolstoi para o de Luigi Pirandello. Quase todos os atores haviam entrado e observavam uns aos outros e também a plateia. Kafka ainda não havia chegado.

Nesse meio-tempo, a atriz que representava a inglesa Virginia Woolf iniciou a apresentação. Começou a dizer que grande parte da literatura inglesa possuía reflexos da monarquia, ou, pelo menos, efeitos dela.

Suas características eram específicas, isto é, não se parecia com a literatura russa, por exemplo. Quando um conto ou romance eram lá escritos, a força das emoções sobrepujava-se a todo o ambiente.

– Explicando melhor, um russo é capaz de começar um texto literário escrevendo: "Um homem desesperado encontrava-se com uma garrafa de vodca quase vazia à sua frente. Tinha a cabeça jogada sobre seus braços em cima de uma mesa". Não diz onde ele estava, se era em um bar, na sua casa, na residência de algum amigo, ou em algum outro lugar. Para nós, ingleses, é impensável escrevermos dessa maneira. Descrever onde o personagem encontra-se vai nos dizer muito de quem ele é e também a que classe social pertence. Irá praticamente defini-lo.

Assim se expressava quando, apressado, entra no palco o último escritor-personagem. Era um homem alto, muito magro, com enormes orelhas e nariz aquilino. Thomas Mann, o escritor que coordenava, lançou-lhe um gélido olhar de censura. Ele sentou-se e, pedindo desculpas a todos por estar atrasado, explicou que quando saía de seu apartamento lá apareceram três homens.

– Disseram-me que deveria acompanhá-los até a delegacia. No primeiro momento, não os conhecendo, pensei que se tratasse de alguma brincadeira de meus colegas de trabalho. Como insistiram, disse-lhes então que iria apanhar minha identidade. "Documento?", gritou um deles. "E para quê? O senhor está preso." "Mas do que estou sendo acusado?", perguntei. O desconhecido furioso vociferou: "Deixe de enrolação". E lançou-me um olhar de desprezo, como se, considerando-me um verme, não devesse para mim nenhuma explicação. Insisti, pois desejava saber o motivo pelo qual estava sendo detido. Nada obtive. Todos mantinham sobre mim seus graves olhares, fixados no meu rosto. Depois de muito argumentar, consegui desvencilhar-me daquele terrível mal-entendido e aqui estou.

– Senhor Kafka, poupe-nos de suas explicações kafkianas. O senhor chegou atrasado, atrapalhando-nos, impedindo a nossa apresentação. Isso é um absurdo, dá para o senhor compreender?

– Entendo e peço mais uma vez escusas a todos aqui presentes. Perdoem-me, pois não sei por que comigo sempre acontecem esses estranhos fatos sem nenhuma explicação lógica.

– Falando em coisas estranhas – interpelou Dostoiévski –, minha literatura reflete meus altos e baixos.

– Mas por que o senhor assim pensa? – agora era Proust que perguntava.

– Ora – respondeu –, como tenho um distúrbio mental que me leva às vezes a convulsões, minhas obras sofrem as consequências desses movimentos cerebrais.

– Não sei se isso importa – disse Pirandello –, pois o senhor é considerado o maior escritor do nosso tempo e, certamente, dos tempos que virão.

Todos os demais, com gestos de cabeça, concordaram.

– Sua literatura, Dostoiévski – agora era a senhora Woolf que falava –, é rica, variada, um vulcão de força e emoção.

– Concordo plenamente – atalhou Kafka. – Imagina escrever livros como *Os irmãos Karamázov* e *Crime e castigo*, então? Que obra excepcional! Quando a concebeu, tinha o senhor consciência de que aquela mesquinha velha agiota era a Rússia Imperial? Que ela precisava ser eliminada para que na vida os camponeses pudessem ter oportunidades e os pobres mujiques deixassem de pensar em suicidar-se, quando ainda eram crianças?

Dostoiévski, taciturno e voltado para seu interior, tudo ouvia calado. Apenas acrescentou:

– Talvez os personagens às vezes sirvam de metáforas, mas minha única preocupação era registrar o que via e o que observava na sociedade russa. Senti sempre a necessidade de apresentar a realidade social, para que tomassem consciência.

Virginia Woolf afirmou:

– Se o senhor tivesse escrito apenas o conto "Noites brancas", já poderia considerar-se um gênio.

– Por quê? – quis esclarecimento o dramaturgo e escritor italiano Pirandello.

– A verdade é que essa obra possui uma espontaneidade e simplicidade tais, que é difícil para um escritor sequer imaginá-la. Muito difícil, sem dúvida. Além disso – continuou Virginia –, a ideia que o solitário homem possuía sobre as residências; via que as antigas moradas deveriam ser tratadas como aristocratas senhoras, dignas de todas as honras. A homenagem que lhes prestava todas as manhãs, admirando-as como se da nobreza fossem e saudando-as com um solene e respeitoso bom-dia. É uma inédita ideia. Aquelas casas, que haviam conhecido outrora o esplendor de melhores dias, Dostoiévski tem razão em reconhecê-las. Elas são mais que tijolos, paredes e pintura. São, outrossim, representantes de uma época e da vida de pessoas que ali habitavam. É em suas desbotadas paredes que os desejos e sonhos continuam impregnados. Em cada compartimento o tempo permanece e, levado pelo vento das lembranças, são o cofre da memória. Servem-nos de abrigo contra as tempestades da vida. Só mesmo um russo como nosso amigo Dostoiévski poderia entendê-las.

Todos na mesa concordaram.

O russo ouvia os elogios sem demonstrar emoção. Seu rosto expressava gravidade e tormento.

No mesmo instante, Proust, o escritor francês, retirava calmamente um cigarro de sua cigarreira de ouro e o colocava na piteira.

Os demais escritores acompanhavam seus elegantes gestos como se ele estivesse descrevendo um momento de sua requintada rotina diária. Acendeu o cigarro com um isqueiro também de ouro. Depois de colocá-lo entre os lábios e dar uma tragada, assim se expressou:

– Como vocês sabem, sou um escritor que relato minha época e suas terríveis mudanças – acentuou a palavra "terríveis". – Sou um cronista, é o que dizem de mim.

Fez com a mão um gesto vago no ar.

– Como comecei tarde, depois de muitos anos flanando, mas também observando, dei o nome à minha obra: "Em busca do tempo perdido". Porém, lhes digo: para quem escreve, nada está descartado, morto ou perdido, pois tudo se encontra vivo e vibrante dentro de cada um de nós.

Todos confirmaram com gestos e olhares.

– Penso – continuou Proust –, que todos nós temos pontos vulneráveis ou no nosso físico ou no emocional, às vezes em ambos. Eu, por exemplo, sempre fui asmático. Como meu pai era médico, dele recebi especiais cuidados. Também de minha mãe e de minha avó, exageros. Éramos abastados, primeiro judeus, depois convertidos, mas, mesmo assim, continuei sendo considerado judeu.

Com essa declaração arrancou risos de Kafka; o escritor que estava sentado ao seu lado. Kafka tossia com a fumaça do cigarro. Proust, vendo que o molestava, apagou-o em um cinzeiro de "murano" que havia à sua frente.

Nesse instante, um garçom depositou copos d'água para os atores.

Kafka, aproveitando o ensejo, apanhou a palavra do francês e seguiu:

– Tens toda a razão, se a asma foi seu ponto frágil, tenho também o meu: a tuberculose. Ah! Como me senti segregado, isolado e amargurado. Sempre me acompanhou a atormentada sensação de estar sendo rejeitado. É verdade que houve outros motivos, queria ser escritor, e meu pai, autoritário, despótico, não admitia, pois sendo seu único filho homem, embora houvesse irmãs, contrariava com veemência minha escolha. Dizia ser uma profissão que não dava dinheiro. Para mim tudo isso sempre foi motivo de angústia. Cheguei até mesmo a escrever um livro: *Carta ao pai*, para mostrar-lhe como me sentia. Estou certo, entretanto, de que ele não o leu. Escrever libertava-me da prisão na qual vivia, que era o mundo da opressão paterna e, mais tarde, da tuberculose. Escrevi muito, mas quase sempre com minha paranoia e com muita nostalgia. Como esta última não faz bem aos pulmões, tornei-me tísico. Por todos esses motivos por mim citados é que meus livros são tão diferentes das obras dos demais autores. Confesso, e não tenho vergonha, que pedi inúmeras vezes ao meu editor Max Brod que os queimasse. Não desejava que vissem minha baixa literatura. Simplificando: tinha vergonha de mim e também do que escrevia.

– Mas – disse Thomas Mann – teu livro *O processo* é obra de um gênio.

– Como assim? – quis saber Kafka, como um menino carente.

– Digamos que *O processo*, apesar de ser descrito como uma obra que mostra que todos nós temos direitos, mas precisamos conhecê-los e estarmos atentos a eles. Exigir e lutar para que sejam aplicados é preciso. Sei que é advogado; esse livro, entretanto, senhor Kafka, refere-se não ao direito, mas à própria literatura.

Todos estavam atentos, esperando a explicação do coordenador.

– Como? – perguntou Kafka curioso.

– Podemos dizer – continuou Mann – que ela apresenta o processo não como o imaginamos, um simples desenrolar dos autos e documentos apresentados num litígio, mas sim todas as etapas de uma obra: um processo literário.

Dostoiévski, que já havia cumprido pena na Sibéria, achou a ideia genial.

– Mas que brilhante intervenção! – acrescentou. – Explique-nos como o senhor chegou a essa descoberta.

Mann então pigarreou, tomou um gole d'água e continuou:

– Como havia dito, nós não podemos imaginar a abrangência que um livro gera. Uma boa obra é um raio solar e ignoramos o que ela é capaz de fazer, de trazer, de mostrar e de reviver no nosso íntimo. Que sentimentos adormecidos despertará e o que poderá nos apontar e até mesmo nos levar à cura de alguma doença. No início de *O processo*, vemos que somos muitas vezes impedidos de realizar nossos anseios e desenvolver nossas potencialidades. Alguns permanecem do lado de fora, em uma eterna espera. Muitos envelhecem e ali morrem. Entretanto, outros o invadem e entram mesmo sem permissão. Esse é o seu caso, senhor Kafka. O senhor burlou o homem que o proibia de entrar naquele mundo, o mundo ficcional, que, como todos nós sabemos, fica do outro lado. Necessitamos, primeiro, transpor a barreira, isso é para nós o mais importante e difícil.

Todos os espectadores e os outros personagens ouviram atentos a explicação. A essas alturas, o senhor Edward e Frederico trocaram olhares, estavam simplesmente maravilhados com o que já tinham visto.

– Não esperava que essa peça pudesse ser tão esclarecedora – falou o inglês.

– Também estou encantado – enfatizou Fred.

Não desejando perder o que Mann dizia, voltaram sua atenção para o palco.

– Que ideia! – exclamou Kafka. – Mas, e o desenrolar do processo literário, como seria?

Mann continuou:

– Quando entramos em um outro mundo, o mundo da ficção, não basta só estar lá. É preciso também transpor todas as suas etapas e sanções: o objetivo do livro, o estilo, os personagens, a trama, as correções, os editores, as pessoas que são atraídas pela obra como moscas em direção ao mel, nossos críticos que nos mortificam querendo, muitas vezes, vingar-se do mundo usando para isso nossos livros e, finalmente, os que nos admiram, o público que ama literatura, que gosta de ler, enfim, nossos leitores. Tudo isso e todos fazem parte desse processo.

Dostoiévski começou a bater palmas para Mann, dizendo que ele havia chegado a uma magnífica descoberta.

Kafka, emocionado, expressou-se dizendo que não esperava receber tamanha homenagem. Acrescentou que no processo existem também os que nos acusam e os que nos defendem.

– E os juízes implacáveis – completou a senhora Woolf.

Ela, agora, dirigia-se a Pirandello, que, pela postura, estava sentindo-se o "último dos últimos".

– Colega Pirandello, como o senhor é italiano, arrisco sentenciar: "Os últimos serão os primeiros".

– Assim espero – sorriu Luigi. – Não esqueça que nasci no Caos.

Todos riram. Como o russo, ele preferia ouvir, evitava falar.

A senhora Woolf perguntou-lhe como havia chegado à original ideia de que o personagem, uma vez criado, ninguém poderia matá-lo, nem mesmo o seu autor.

– Excelente questão, colega. Só não sei se saberei respondê-la.

Arrancou risadas de todos os presentes. Em seguida, iniciou sua explicação:

– Não devemos dizer que Sherlock Holmes poderia ser morto por seu criador Sir Arthur Conan Doyle, mas ele tentou, não tentou? Sherlock Holmes é tão real, tornou-se tão vivo e humano, que encontrei inúmeros leitores confundindo autor e personagem. Ninguém poderá dizer que Anna Karenina não existiu e que não se suicidou de desespero, por amor ao conde Wronsky. Ela é real e imortal. Ninguém poderá dizer que Odette de Crecy, de Proust, não existiu realmente. Ela foi criada e está nas páginas sendo vítima ou uma heroína realizada. Está cumprindo o seu destino. Os personagens estão vivos e, por isso, podem reclamar e exigir os seus direitos. Não podemos dizer que, uma vez criados, encontrar-se-ão sob o nosso domínio, pois eles não estão; gozam de liberdade e devem seguir seu caminho. Circulam pelas obras como quem passeia pela Avenida Champs-Élysées. Balzac usou, algumas vezes, o mesmo personagem em diferentes obras. Bem, digamos que ele só caminhava através do tempo. Na minha peça *Seis personagens em busca de um autor*, procuro provar como são reais. Estão vivos e exigindo que nós os reconheçamos e respeitemos. São os invisíveis mais consistentes e imortais que existem. E por falar em consistente, lembrei-me de Proust e seu personagem Swann e sua Odette. Que mulher! E que relacionamento teve ela com o apaixonado Swann.

Proust tomou um gole d'água do copo à sua frente, alisou o bigode vagarosamente e assim se expressou:

– Odette não é exatamente uma mulher.

– Não é?!! – Pirandello mostrou-se surpreso.

Toda a plateia, ansiosa, esperava o desfecho.

O francês continuou:

– Odette representa a personificação de um horroroso período de transição, de uma época na França na qual os sólidos valores morais estavam sendo exterminados, para que outros, vulgares, sórdidos e imorais, vingassem.

– Mas Swann estava tão apaixonado, não estava? – perguntou o italiano.

– Não possuía ele escolha. Quem pode segurar, frear indefinidamente um período? Ninguém. Uma época requintada estava desaparecendo...

— Mas, por que Swann desejava sempre saber tudo que a ela referia-se?

Proust continuou explicando:

— Quando sofremos o grande impacto da transformação, primeiro ficamos atônitos, receosos, quase em pânico. Depois, para nos acalmar, tentamos decifrá-lo e, por fim, nessa busca, no desespero de entender o que está acontecendo, quando tudo muda e nada mais é o que era, mesmo inseguros e assustados precisamos continuar vivendo sob novos padrões de comportamento. Segue-se, então, um exagerado interesse que tem a finalidade de compreender o que houve.

"Esse interesse excessivo torna-se uma paixão e esta, ao longo do tempo, transforma-se em obsessão. Não era Odette que o transtornava, mas alguma coisa que desconhecia, que não compreendia, é que o obcecava.

"Sentia-se instável, perdido, pois sua sólida base fora abalada e uma nova época despontava e ele não sabia como viver nela. Não fora criado naqueles novos conceitos sem ética que iam adquirindo forma e estavam solidificando-se e se estabelecendo na antiga e nobre sociedade.

"A verdade era que esse novo modo de ser e de agir, em suma, de viver, o repugnava. Imaginem – sublinhava –, minha criada Françoise fala com a filha um patoá, uma linguagem criada por elas, para que não as entenda. Mas o fato era que as compreendia. Françoise, dando-se conta, fala mais rápido agora, mas, mesmo assim, sei do que estão falando. É essa a linguagem atual das pessoas que nos prestam serviço, que nos rodeiam no dia a dia. É também a decadência do nosso idioma que me perturba e apavora. Não desejo essa modificação. Que passem de uma linguagem pura, rica e fluente, para outra, ríspida, truncada e repleta de erros. É o início do fim de uma ideia de nação.

"Meu irmão, Robert, aconselhou-me a não me preocupar com isso e que é apenas um fato, um detalhe pouco importante. Entretanto, como observo dia após dia, horrorizo-me com o que está por vir. Essas pessoas que ora ascendem ao poder em nossa sociedade são obtusas, sem conhecimento, sem nenhuma civilidade. Possuem total falta de sensibilidade, uns "parvenus", estão instalando-se entre nós como ervas daninhas em um jardim de rosas. Não tenho motivo para me preocupar?"

– Obrigado, senhor Proust, pela brilhante análise de sua Odette e da atual sociedade – concluiu Pirandello.

O francês, com um gesto rápido, jogou a mão para o lado, de uma maneira nervosa. Permaneceu, depois disso, observando os colegas de soslaio.

Virginia, a escritora vinda da Inglaterra, resolveu dar sua opinião novamente.

– Colega Proust, permita-me uma intervenção sobre seus personagens e sua obra. Penso que Odette, Gilberte e Albertine são a personificação das ideias literárias. Por que digo isso? Por suas idas e vindas, sua instabilidade, suas artimanhas; primeiro o autor, antes do leitor, que, ao segui-las como um obcecado, apaixonado e ciumento doentio, mantém-se inseguro com suas atitudes e ações, duvidando de si mesmo. Esse é o reflexo do nosso interior, como escritores. Nosso íntimo não se coaduna com a maioria das pessoas do mundo exterior. Nós, simplesmente, criamos. Não recebemos nada finalizado, nada pronto. E é no profundo mergulhar dentro de nosso ser que garimpamos tesouros para ofertá-los aos nossos leitores. Vivemos, portanto, esse jogo de insegurança e, para exorcizá-lo, seguimos espionando, duvidando, compondo e decompondo, escrevendo com requintadas expressões ou como a simplicidade de um dia que amanhece. Não dá para negar, entretanto, o profundo Amor e o conhecimento sobre esse sentimento que elas, como personagens, inspiraram.

Proust agradeceu a intervenção da inglesa, demonstrando profundo reconhecimento com a expressão de seu olhar.

Mann, voltando ao assunto, disse:

– A paixão pode ser trágica, dependendo de quem a sente. Afinal, quem poderá entrar no mundo íntimo e emocional do outro? Freá-lo ou apaziguá-lo? Mas o importante de tudo o que me coube observar até aqui foi que as obras são frutos da nossa necessidade e sofrem diferentes interpretações. Nós as concebemos e as escrevemos, mas elas se transformam para cada um de nossos leitores. A obra, em relação ao leitor, é como um ilusionista, um mágico. Nunca se pode saber o que vai acontecer, o que vai sair de dentro de uma cartola.

Kafka exclamou:

– É a mais pura verdade. Depois dessa constatação, deveria até desaparecer, sair sorrateiramente.

Virginia, para não perder a oportunidade, brincou:

– Sair em forma de inseto, através da fresta de uma porta?

Todos riram, lembrando seu livro *A metamorfose*.

– O senhor é um pândego, senhor Kafka – concluiu a inglesa.

– Senhora Woolf, a sua literatura, como outras obras inglesas, possui nobreza, aristocracia, mas sinto nelas uma tendência nostálgica, uma certa insatisfação e inquietude. Em *Orlando*, por exemplo, um padrão foi rompido. Poderia a senhora nos elucidar isso? – era Kafka que perguntava.

Com muita elegância e também timidez, a escritora começou:

– Sou uma pessoa melancólica, triste e com uma enorme necessidade de criar algo que ainda não foi pensado, *Orlando* é um exemplo disso. Começa ele nobre, um homem nobre, e este mesmo aristocrata torna-se mulher em um determinado momento. Confesso que é muito difícil, para nós mulheres-escritoras, sobrevivermos em um mundo masculino, fechado e competitivo. A maioria deles são frequentemente impiedosos para conosco. Unem-se sempre, quando se trata de manterem o poder ou seus privilégios. Alguns serão capazes das mais vis atitudes para não perderem o comando. Ao escrever *Orlando*, foi como se dissesse: "Torna-te mulher, ó homem, e passa pelo que nós passamos e só depois poderá julgar-nos". Acredito que depois disso todos seriam mais condescendentes conosco. Não nego que sou depressiva e que também sofro muito por isso. Senti sempre a falta de uma presença materna em vários momentos de minha vida. Casei-me, mas a vida de um casal é monótona e previsível. Como não tive filhos... Inúmeras perdas abalaram meu psiquismo.

– Então!! – Proust interveio. – Foi devido a essa vida "previsível" que escreveste *Mrs. Dalloway*.

– Sim, ela seguia uma rotina diária como um trem nos trilhos, mas procurando sempre encontrar no seu cotidiano pequenos motivos de satisfação, como arranjar flores em um vaso, pôr uma mesa com requinte e aprimorar-se para receber sempre melhor os seus convidados.

– Mas, parece-me ser essa descrição uma forma metaforizada da monarquia. Sempre a mesma maneira e repetição através dos tempos, através de séculos e séculos, algo imune à mudança – assim expressou o russo.

– É possível, não havia pensado nisso. Mas, enfim, minha luta para escrever, tentando fazê-lo cada vez melhor, deve ter anulado boa parte do meu lado mais doméstico, mais feminino, segundo os padrões masculinos vigentes. Como resolver isso? A maioria dos escritores são homens, o mundo nos é mostrado sob a visão deles. Sinceramente, colegas, não tem sido fácil. Embora jamais tenha tido problemas para editar, pois, como todos vocês sabem, meu marido é um editor. Entretanto, só em pensar na crítica, sinto pânico...

Todos olharam para a inglesa consternados, depois dessa confissão.

– A crítica é um juiz que pode nos enviar ao cadafalso – falou Kafka.

Todos concordaram.

– Mas por outro lado – continuou a senhora Woolf – nenhum de nós escreve pensando nos críticos; simplesmente escrevemos. Para nós é uma necessidade, é vital registrarmos o que vemos, vivemos e sentimos.

Mann dirigiu-lhe a palavra, dizendo que sua obra *Noite e dia* era excepcional, no entanto poucos falavam sobre ela.

– Quando a li, lembro-me de ter pensado: "Aqui está algo do qual o autor deve orgulhar-se".

– Obrigada, agradeço muito o elogio. É possível que o senhor tenha razão – disse a inglesa, demonstrando agora fragilidade e cansaço.

Pirandello referiu-se a Kafka, dizendo que em suas obras as mulheres eram misteriosas, transeuntes "móbiles".

– Colega – falou o tcheco –, sou um homem magro, narigudo e feio.

Virginia intrometeu-se:

– Quem possui talento, nunca poderá ser considerado feio.

– Convença, então, meu espelho disso – ironizou Kafka.

Arrancou risadas da plateia.

– Mesmo feio – continuou –, noivei duas vezes com a mesma "ragazza" e vou explicar-lhes o motivo. Escrevia a ela cartas apaixonadas, mas também algumas vezes pessimistas. O sentimento de paixão encontrava-se na minha necessidade de ter um grande amor. Um daqueles amores que nos envolvem de tal modo que não conseguimos pensar em mais nada. Sozinho ele ocupa todo o nosso ser, preenche-nos, fazendo-nos sentir plenos e felizes. Gostaria de ser por ele totalmente tragado, mas a verdade era que, quando a encontrava, meu forte desejo desvanecia-se, desaparecia.

– Qual a razão disso? – perguntou Virginia, bastante interessada no assunto.

– Creio que ela era real demais para a minha mente ficcional.

Ouviram-se muitas risadas da plateia.

– Não conseguia vinculá-la aos meus mais profundos sentimentos. Na verdade, meu mundo interior era por demais rico e interessante para que pudesse valorizar o universo doméstico no qual ela normalmente vivia. Entretanto, devo afirmar-lhes que era exatamente de quem precisava. Alguém que me enraizasse. Uma pessoa que me mostrasse a realidade da vida simples do cotidiano. Apesar de ter rompido meu noivado, voltei atrás e retomei meu compromisso novamente. Mas não durou. Minha doença, as constantes hesitações que me atormentavam... o pavor que eu possuo do casamento...

"Minha companhia preferida era a palavra escrita. A verdade é que as pessoas me confundem e atrapalham. Não consigo movimentar-me adequadamente em um mundo onde vive a maioria. A realidade é que não poderia acomodar-me e manter uma família. Sentir-me-ia emparedado, desnorteado, sufocado sendo obrigado a vê-la sempre ao meu lado."

— Não se aborreça por isso — observou Proust. — Estou certo de que todos nós, vez ou outra, ou muitas vezes, já sentimos o mesmo.

— Pode-se então dizer, senhor Kafka — era o russo que falava —, que, parafraseando Tchekhov, para o senhor, a literatura era a sua inseparável amante e nenhuma mulher o arrancaria dessa paixão avassaladora.

— Ninguém a sintetizava melhor — concluiu o tcheco.

— A literatura é uma amante ciumenta e possessiva que não admite rivais de nenhuma espécie. Só ela me absorve e me interessa totalmente.

— Fala-nos — disse Mann — sobre um personagem transformar-se em inseto e a cuba, na qual alguém pretendia colocar carvão, tornar-se alada.

Depois disso, Kafka tomou um pouco d'água, olhou para seus colegas e começou:

— Estive na Alemanha em um de seus piores momentos. Arrependi-me de ter saído da Áustria e levado para lá minha companheira. Para poder sobrevivermos, quase sem alimentos, sem carvão e com temperaturas muito baixas, recebíamos víveres enviados pela minha família, para não morrermos de fome. Foi daí que veio a ideia da "cuba alada".

— Explique-nos — agora era a inglesa que desejava esclarecimento. — Por que essa necessidade de pôr em suas obras ideias que só encontramos nos contos infantis?

— Cara colega — assim continuou Kafka —, quando nos encontramos em uma situação de limite, onde o meio em que vivemos nada nos oferece e tudo nos solapa, e também onde não vislumbramos nenhum futuro promissor, o que nos conforta é refugiar-nos no nosso mundo de "pensamentos mágicos" que tínhamos na infância. Quando crianças éramos poderosos, tudo resolvíamos com a imaginação. Só isso poderá nos acalmar, trazer-nos paz e esperança. Daí a "cuba alada" ou alguém se transformando em um inseto e tantas outras coisas. A criança que há em nós nunca desaparece, permanece escondida em nosso interior. Além disso, precisamos encontrar saídas como o insólito, o inimaginável. Como bem disse Mann, saímos com a literatura do mundo real e vamos à procura de variadas formas, outros mundos existentes. Mostramos, portanto, que na literatura tudo é possível, diferente da vida. Em última análise, precisamos nos metamorfosear, seja do que for, para expressar o que desejamos.

– Obrigada pela elucidação – agradeceu a inglesa.

– E as tuas obras, Mann? – quem se referia a ele era o escritor que havia nascido na cidade do Caos, na Sicília.

– Ah! – expressou-se Thomas Mann. – Preferia não falar sobre elas.

– E por quê? – indagou Pirandello intrigado.

– São, ao meu ver, demasiado germânicas.

– Vejo – continuou o italiano – que alguns entre nós possuem, em relação aos seus próprios livros, críticas ferrenhas e que não condizem com a realidade. O senhor é um exemplo, pois ganhou o Prêmio Nobel em 1929.

– Assim é – falou o escritor. – O fato de ter ganhado o maior prêmio não quer dizer que admire todas as minhas obras.

– Mas, senhor Mann, nós não devemos escrever mostrando o ambiente no qual vivemos? Se o senhor é alemão, deverá dar à sua literatura a expressão do que vivenciou, não é verdade?

– Sim, a colocação está correta, mas, quando leio autores de outros países, acho-as frias e sem beleza. *A montanha mágica*, por exemplo, é uma obra com quase mil páginas, nela o leitor terá que, vagarosamente, escalá-la. Depois, está ambientada em um sanatório para tuberculosos. Ora, por favor! Quem poderia interessar-se por isso?

Os outros escritores acompanhavam a autocrítica de Thomas Mann embevecidos.

Kafka, pedindo permissão para falar, disse:

– Sou um doente do pulmão e sei que não conseguiria escrever um livro tão interessante, ambientado em um sanatório. Depois, em *A montanha mágica* o senhor reforça o humanismo como centro, ou melhor, como o antídoto ao autoritarismo. E ainda há o questionamento sobre o amor, o tempo, a morte, a ciência e tantos outros questionamentos... Embora tendo nascido na Tchecoslováquia, minha família mudou-se. Sei o que é viver na Alemanha. Estive lá na pior inflação, nos momentos mais difíceis.

– Parece que nós alemães – continuou Mann – sempre tendemos à indagação, às questões filosóficas, melhor dizendo. Mas saberemos, entretanto, dar a elas uma boa resposta, uma solução satisfatória? Seremos capazes de não só fazer os devidos questionamentos, mas principalmente encontrar respostas que sejam o remédio para sanar a nossa própria doença?

– Tudo o que o senhor acaba de mencionar, Mann, é muito importante para a época em que vivemos. O cerne de todo o mal, digo e estou certo disso, é o autoritarismo dos governos, as complexidades burocráticas e a esmagadora máquina do Estado. Ser livre sempre foi minha maior obsessão. Desejava poder escolher, decidir sobre minha vida.

Foi assim que Kafka terminou sua intervenção sobre a obra de Mann.

– Quando escrevi *Os Buddenbrook*, que foi meu primeiro livro e com o qual ganhei o Nobel, naquela época fui por demais elogiado pelo meu editor. Criou ele, possivelmente, uma ideia que se tornou para mim uma necessidade: a de continuar expressando-me por escrito. Quando somos aplaudidos, pensamos que se já fomos uma vez bons escrevendo, por que não poderemos continuar sendo? Foi por isso que cheguei até aqui: subi a montanha sobre a qual não basta unicamente dizer que é mágica, mas é preciso também mostrar que é capaz de fazer magias. Mas será que as fez?

Neste instante Kafka disse:

– Mas, Mann, ter suas obras traduzidas para todos os idiomas é tudo o que um escritor deseja.

Todos concordaram.

Luigi Pirandello fez um aparte sobre a obra de Mann *Morte em Veneza*:

– O personagem – disse – encontrava-se à beira da morte e, mesmo assim, agarrava-se à vida com seu requinte, seu maravilhoso senso estético, seu amor pelo belo, pela juventude e pelos prazeres juvenis. A vitalidade, o descompromisso e a alegria dos jovens fascinavam-lhe, com suas brincadeiras na renomada praia veneziana. Sabia que a vitalidade que possuíam era o mais precioso bem. E é por isso que os segue fascinado, pois eles fazem lembrar da sua juventude e de antigos prazeres, agora perdidos pela idade e a doença.

Dostoiévski, que ouvira em total silêncio, dirigiu-se a Proust:

– Como na Rússia, além do idioma russo, falávamos também o francês, conseguíamos ler os escritores de seu país. Sempre apreciamos o modo como vocês, franceses, expressavam-se literariamente. Admiramos na sua literatura não só a maneira de escrever, destacando pessoas que, embora aparentemente comuns dentro da sociedade, eram muitas vezes, na verdade, singulares frutos da árvore social.

Árvore esta tão deformada pelo excesso de fortuna e regalias nas mãos de poucos e ignorância e miséria na maior parte da população.

Proust ponderou:
– Pode ser que vocês russos admirassem nossa maneira de ver a sociedade, mas acredite, senhor, vocês foram além, nos superaram. Não só no modo de escrever como também nos temas abordados. Há muitos contos russos que podem ser comparados a uma maravilhosa catedral gótica. Seus tijolos, pintura e principalmente esculturas, feitos de tal forma que se tornam rendas, uma verdadeira "guipure" executada nas pedras que a decoram. Vocês superaram até mesmo Balzac e Victor Hugo, nossos mais ilustres representantes.

O russo, com seu humilde olhar e sua longa barba, lembrava o rosto de um eremita que havia saído de uma caverna onde estivera recolhido durante anos...

– É verdade, senhor Proust, o que dizem seus biógrafos, que um dia, ao mergulhar uma "madeleine" em uma xícara de chá de tília, o senhor mudou o rumo, a orientação da sua vida? – era o italiano que perguntava.

– Não, não foi exatamente assim – disse Proust –, mas confesso que mergulhar esse "petit gateau" em forma de "coquille" em um chá de tília traria à minha memória delicadas recordações dos anos da minha infância e juventude. Estimular-me-ia. A verdade é que na nossa mente o tempo não existe e o passado pode surgir e nos presentear com agradáveis recordações. Também o futuro poderá nos aparecer sob a forma de desejos e sonhos que ainda não foram realizados. A literatura bebe na fonte do passado, do presente e do futuro. Ela está sempre sedenta da indispensável "seiva" do tempo. Encontrava-me com quarenta e dois anos e sentia

a vida esvaindo-se a cada instante, quando decidi escrever. Não poderia perder tempo.
– Quer dizer – continuou o italiano –, que o sabor de um "gateau" poderá levar uma pessoa a conscientizar-se de que tem uma vida inútil e dar a ela um novo sentido.
– É certo que isso aconteceu comigo, mas não sei se poderia ocorrer com todos. Cada pessoa possui um motivo, algo que a faz escrever. No meu caso, havia muitas lembranças ligadas àqueles sabores. Também a visão dos belos e apetitosos bolos, tortas e tantas outras iguarias que eram servidas na nossa residência na época de minha juventude. Foram eles motivo de felizes e prazerosas convivências, vivências de um tempo feliz, de um tempo de amor e de proteção, que jamais poderei ter novamente, a não ser através da memória e das infinitas recordações. Sabia que as registrando conseguiria sentir de novo as agradáveis presenças e sensações daquela benfazeja época perdida na longínqua névoa do tempo. Meu irmão Robert, por exemplo, não lembra, como eu, daquelas intermináveis tardes de verão que custavam a findar-se.
Ao terminar essa revelação, grande parte da plateia bateu palmas. Era realmente poética a maneira como o francês expôs a razão de sua entrada na literatura.
Dostoiévski, para não perder a oportunidade, disse que, apesar de Proust julgar que os russos escreviam com mais beleza, ele leria uma passagem do livro *Albertine Disparue* – escrito pelo francês. Começou:
– "Para qualquer criatura, consistir numa simples coleção de momentos é, sem dúvida, uma grande fraqueza e também uma grande força. Isso depende da memória e a memória de um momento não está informada de tudo o que se passou depois; esse momento que ela registrou ainda perdura, ainda vive e com ele a criatura que aí se perfilava.

E de resto, esse esmigalhamento não apenas faz reviver a morta, multiplica-a. Para me consolar, não havia só uma, mas incontáveis Albertines que eu deveria esquecer. Quando acabara de suportar a dor de haver perdido uma delas, tinha de recomeçar com cem outras. A escuridão absoluta, todavia, acabou de chegar, bastava então uma estrela vista perto da árvore do pátio para me recordar nossos passeios de carro após o jantar, pelos bosques de Chantepie atapetados de luar."

A plateia aclamou com bravos e palmas retumbantes.

Proust sofreu tão forte emoção que o deixou quase afônico. Mesmo assim, levantou-se e com um fio de voz conseguiu dizer "merci, merci" – e sentou-se inebriado pela homenagem que Dostoiévski lhe havia prestado.

A inglesa começou:

– Também iniciei meus livros para retornar ao passado e sentir-me amparada e protegida. No livro *Ao farol* mostro que na nossa casa a arte sempre ocupou um elevado valor. Convivemos o tempo todo com intelectuais. Não tive uma educação formal, mas cresci entre livros e escritores, tais como George Eliot, George Lewes, Henry James e muitos outros. Pertenci mais tarde a um grupo que se denominava "Bloomsbury". Éramos intelectuais e artistas, livres-pensadores. Nesse grupo encontravam-se expoentes como Keynes, Lytton Strachey, E.M. Forster, Clive Beel, também meu marido na época, o sociólogo Leonard Woolf, que mais tarde se tornou editor. Talvez por isso tenha me mantido escrevendo. Tinha incentivo, era apoiada, elogiada, estimulada pelo grupo e pela família.

Depois dessa colocação, Proust olhou para Virginia e ambos trocaram entre si significativos olhares de reconhecimento.

Nesse meio-tempo, o inglês e o húngaro sussurravam maravilhados com o alto nível da apresentação, o excelente preparo dos personagens e a forma clara com que elucidaram algumas das mais expressivas obras dos escritores que representaram.

Em seguida, ouviram-se efusivas palmas e as pessoas gritavam: "Bravo! Bravo! Bravo!"

Atrás de nós, uma senhora comentava como haviam escolhido com excelência os atores que representaram os escritores. Como foram bem caracterizados. Haviam sido, na verdade, muito bem selecionados. Além do mais, comentava a italiana, que se encontrava ao nosso lado:

– Veja o vestido que a senhora Woolf usava. Era de uma fina seda, entremeada com renda francesa. E Kafka, Dostoiévski e Proust, então? Era como se os verdadeiros escritores estivessem na nossa frente.

Fred releu os prospectos e descobriu que a organização dos diálogos havia sido feita pelo siciliano e dramaturgo Luigi Pirandello. O ator que o representara levantou-se novamente e estava sendo aplaudido não só pela plateia mas também pelos atores. Foi dito a nós que o ator que havia representado Pirandello havia convivido com o dramaturgo e os dois juntos criaram os diálogos e grande parte da peça.

8

Saímos extasiados. O senhor Edward telefonou à sua mulher e fomos nos encontrar com ela. Magda, ao ver o marido, não se esqueceu de perguntar onde ele havia ido quando desapareceu, logo depois de chegarem a Florença.

– Encontrei um velho amigo da época da guerra e esqueci os minutos, conversando...

– Nunca mais me faça isso, Ed. Não podes imaginar minha aflição.

A verdade foi que Magda acreditou no marido. Mostrava-se entusiasmada com a aula que recebera sobre os renomados pintores italianos. Falava neles com empolgação.

O senhor Edward interrompeu-a dizendo que retornariam ao hotel e lá então poderiam trocar ideias sobre o que haviam visto e ouvido naquela educativa tarde.

Tomaram um táxi e rumaram para o Bristol. Entraram e, antes de subir, preferiram tomar algo. Sentaram-se e o inglês pediu ao garçom um chá e dois "macchiatos". Ao retornar, depositou na mesa os pedidos e com eles vieram pratinhos com "biscuits" e "confitures" para acompanhar.

Ali sentados, permaneceram algum tempo, trocando informações sobre o que os havia fascinado naquela tarde.

– Como ignorar os italianos e sua arte? – perguntou o inglês com brilho no olhar. Fred acrescentou que fazia muito tempo que não assistia a uma peça daquele nível.

– É preciosa! Magda gostou da palavra "preciosa" e manifestou sua aprovação dizendo que havia sido um tesouro de peça teatral, pelo que haviam contado.

Ambos concordaram.

– Imaginem – disse – se não saíssemos de nossa ilha, na certa não vivenciaríamos uma apresentação como essa. Em Londres são apresentadas muitas peças, quase todas sobre a nossa cultura. Entretanto, se quisermos conhecer algo novo, outro enfoque sobre as obras europeias, precisamos sair da nossa grande ilha.

Fred concordou. Havia aprendido tanto naquela tarde sobre grandes autores que se sentia como se com eles tivesse convivido por muito tempo.

– E eu – continuou o senhor Edward – estou cada vez mais pensando que escrever é preciso. Quem sabe um livro sobre um tema que é muito comum hoje em dia, embora ninguém goste e tampouco o aceite.

– A que tema te referes, Ed? – curiosa, Magda indagou.

– A traição entre casais ou, é claro, poderá ser também a de um homem que se torna espião duplo renegando seu país.

Ao ouvir o inglês mencionar o fatídico assunto, voltei rápido meu olhar para Magda e a observei. Ela, no entanto, mais parecia nada ter ouvido sobre o que o marido dissera. Impassível, brincava com uma pele que ornava sua luva.

"Seriam as mulheres todas assim?", perguntei a mim mesmo assustado. Pensei isso e senti um certo mal-estar. Queria crer que só algumas possuíssem aquela capacidade de dissimulação tão aprimorada. Parecia-me que em seu interior havia uma muralha, impedindo que seus íntimos sentimentos aflorassem e em seu rosto aparecessem refletidos. Estaria o senhor Edward certo, quando a via como uma esposa infiel? Duvidei daquela suspeição. Com esses pensamentos, sorvi um pouco de café, que, por sinal, estava "superbe", e, com isso, reconciliei-me comigo mesmo.

Ao levantar os olhos da xícara para apanhar um "biscuit", encontrei o olhar irônico do inglês, que pairava no vazio.

Por que teria ele tocado naquele assunto que o torturava? Estaria no limite de sua capacidade de suportá-lo? Talvez não devesse tê-lo feito, pois, afinal, "o segredo era a alma da surpresa".

Pouco tempo depois, Magda levantou-se e disse que iria ao toalete. Quando não mais a vi, dirigi ao britânico uma branda advertência, alertando-o de que, se desconfiasse de nossos planos, não conseguiríamos flagrá-la. Tudo faria para modificar ou alterar o local de seus encontros com o germânico.

– Não creio – retrucou. – Está muito confiante e certamente me julga um tolo. Esteja certo disso...

Mas eu não estava certo de nada. Sabia que, ao sentir-se acossada, poderia mudar alguma coisa para piorar a situação. Ignorava o que uma mulher seria capaz de fazer. Habituado com as inglesas, havia esquecido que, na verdade, ela era uma alemã? Estaria desprezando esse importante detalhe?

– Vou dizer algo a você, Fred, que vai ajudá-lo em toda a sua vida. Quando agimos corretamente, quando lutamos para sermos honrados, isso se expande. Não só é importante para nós mesmos, mas para quem nos cerca; a família, os amigos, os colegas. Quando agimos errado, isso gera socialmente uma poluição e vai prejudicar o íntimo de cada um dos que com você convivem. Quando você faz algo errado, um roubo de dinheiro, por exemplo, isso vai afetar sua família, seus amigos e todos ao seu redor vão se sentir de uma certa forma desonrados, poluídos, lesados. Não terão mais confiança em você. Você leva ao Cosmo radioatividade.

Em seguida Magda retornou e, alegando o início de uma "migraine", subiu para tomar um remédio contra a dor e repousar.

Seu marido ainda lhe perguntou se voltaria para jantar e com um movimento da cabeça demonstrou que não retornaria. Desejou-lhe então um bom descanso e informou que ficaríamos embaixo um pouco mais.

Quando desapareceu, iniciamos uma conversa sobre a traição entre casais.

– Sabe – dizia-me o senhor Edward –, algumas rochas são derrubadas com um cataclisma, outras apenas com uma gota d'água minuto a minuto. Saiba, o autoritarismo demonstra ignorância. Dialogar mostra inteligência, flexibilidade e reflexão. Só quem coleciona seus conhecimentos e experiências poderá raciocinar e ter sensatez quanto conversa com o outro. Conheço muitas histórias de mulheres que traíram seus maridos.

– Como? – desejei saber.

– Vou confessar algo que ignoras; quando jovem fui detetive e é por isso que soube de inúmeros casos. Sou um homem curioso e considero-me um eterno aprendiz.

Sua revelação surpreendeu-me, pois calculava ser o inglês oriundo de uma família rica e que não havia precisado trabalhar quando jovem.

"Bem, se tivesse trabalhado", pensei, "não seria naquela profissão."

– É melhor irmos para outra mesa que parece mais reservada – aconselhou-me. – Não desejo que alguns dos meus conterrâneos ouçam a nossa conversa, pois isso seria para mim motivo de constrangimento. Algumas pessoas dizem-se indiferentes à opinião alheia, enganam-se a si mesmas; não estamos isolados, isso é quase impossível, vivendo em sociedade. Deixamos a mesa e para outra nos dirigimos. Sentamos comodamente e ele pediu ao garçom que lhe trouxesse o menu e uma garrafa de vinho da região do Chianti e também dois cálices.

Antes do italiano retornar com os pedidos, começou a tecer teorias sobre os motivos da traição.

– Sabe por que as mulheres traem? – indagou-me.

– Não tenho a menor ideia, pois com vinte e cinco anos tive apenas duas namoradas. Nunca fui traído, isto é, não que soubesse. Na verdade, esse assunto nunca foi motivo de preocupação para mim.

– Pois saiba, meu amigo, a maioria trai para obter romance. Isso foi dito por uma das que traíram. Algumas, poucas, querem trocar de marido e para não ficarem sozinhas preferem trocar um pelo outro. Há as que andam à caça de fortuna e trocam um marido remediado financeiramente por outro que seja rico ou riquíssimo. É que o casamento, para muitas mulheres que não trabalham fora de casa, torna-se monótono, principalmente quando não possuem filhos ou quando estes cresceram e deixaram o lar. O dia a dia para algumas traz um certo vazio, a sensação de não serem mais úteis. É nesse exato momento que começam a desejar uma diversão. Algo que as empolgue, um "Romeu", por exemplo.

O garçom retornou e o senhor Edward pediu um creme de aspargos e me sugeriu comer um "spaghetti" ao molho de ervas finas. Esperei o rapaz afastar-se e acrescentei ao assunto:

– Quem sabe, às vezes, senhor Edward, a traição poderá ser por falta de delicadeza e solidariedade vinda de um dos cônjuges. Uma certa frieza deles... – lancei a ideia.

– Ah! Isso também – disse, movimentando seus fortes braços. – Como sabes, nós ingleses não primamos por sermos carinhosos, mas somos, é verdade, civilizados, gentis. Jamais seremos como os italianos, que seduzem as mulheres com belas palavras de amor, mantendo seus braços enlaçados nelas. Têm eles seus lábios sempre preparados para dizer o que toda mulher deseja ouvir. Estão continuamente as beijando enquanto perto delas.

– Diria que alguns conseguem mais rápido que outros, pois possuem charme, gentileza e elegância, além de se parecerem com o David de Michelangelo – completei.

– É verdade – disse o senhor Edward rindo. – Você sabia que mulheres casadas e ricas na faixa dos sessenta anos vêm à Itália em excursões sem os maridos com o objetivo de "viverem" um pseudoamor com os italianos?

– Pseudoamor? – pedi esclarecimento.

Os pratos chegaram e foram depositados à mesa. Agradecemos ao garçom.

O senhor Edward continuou:

– Sim, elas os pagam muito bem para obterem essa companhia, com rapazes jovens e belos que as seduzem com lindas palavras.

– Que impressionante! Nunca soube disso.

– Mas o que queria realmente dizer é que em Londres muitos homens me procuraram quando era detetive para saberem se suas mulheres os estavam traindo. O mais interessante era que a maioria não se separou. Alguns mudaram seu modo de agir para com as esposas e tudo voltou à normalidade. Os problemas foram superados. Raramente ficaram sabendo que eles haviam contratado alguém para vigiá-las. Mas houve um caso, e esse muito me impressionou. Saiu até nos jornais, sendo motivo de comentários durante meses.

Um marido, para "lavar a honra", matou a mulher e seu amante, e veja: ela possuía enorme diferença de idade dele. Era muito jovem. Além disso, estava grávida.

– Dele? – desejei saber e comecei a comer a massa, que, por sinal, estava saborosa.

– A estória era: como o marido não podia ter filhos e ela desejava dar-lhe um, seria uma surpresa para ele. Isso foi revelado por uma de suas íntimas amigas. Desejava agradá-lo, mentindo que estava grávida dele. Veja só o que as mulheres são capazes de inventar. Mas esse caso nunca esteve em minhas mãos, havia sido entregue para um de meus colegas. Houve outro caso, no qual um pai, desconfiado de que a filha estivesse tendo relações com um homem casado ou com algum rapaz que ele desaprovava para desposá-la, procurava nossos serviços. Há também, entre as esposas de médicos, muita traição.

– E qual a razão disso? – perguntei.

– Imagino que quem trabalha todo dia com a dor, a doença e a morte tem uma certa dificuldade em ser romântico. Querem eles mais sexo pelas suas tensões e não um encontro romântico e amoroso, tornam-se homens frios, nem todos, certamente... Precisam os médicos manter-se impassíveis para não se deixarem contaminar pela tristeza e desespero de seus pacientes e muitas vezes também dos seus familiares. É verdade que algumas mulheres traem só pelo prazer, por infantilidade, egoísmo e irresponsabilidade. Imaginam o casamento um parque de diversões onde alguém paga e também as protege. Não sabem ou não se importam com o contrato sério que ele representa. Onde ambos têm parte na manutenção e no crescimento da relação. Levam o matrimônio como brincadeira. Houve muitas mulheres que traíram e, não conseguindo suportar o peso da culpa, contaram para o marido.

Disse isso e começou a tomar pequenas colheradas do creme de aspargos.

Interessando-me pelo assunto, perguntei:

– E eles as perdoaram?

– Aparentemente, mas a mágoa causada pelo fato de ela não ter conseguido manter a fidelidade jamais sairá de seu coração ferido. Essa tristeza o acompanhará até a morte. "A vida já me mostrou que a grandeza e a mesquinhez, o amor e o ódio podem conviver no mesmo coração. A dita alma não é parte do corpo e como tal poderá sofrer misteriosas e estranhas modificações, levando a pessoa a parecer vítima de alguma feitiçaria, como costuma acontecer no mundo das bruxas." Isso foi escrito por Somerset Maugham. No meu caso, por exemplo – baixou a voz, que quase sussurrava –, tenho certeza de que é pela nossa diferença de idade. Mas é verdade que há muita traição entre jovens casais. Nem sempre o sofrimento enobrece, às vezes torna o caráter mesquinho e vingativo, já foi dito.

– Soube que alguns casais na França vivem o chamado "casamento aberto".

– O que significa isso? – perguntou-me curioso.

– O casal faz um acordo de que, se um dos dois sentir-se fortemente atraído por outra pessoa, o parceiro ou a parceira em questão deve experimentá-lo.

O inglês desatou a rir quando me ouviu dizer "experimentá-lo". Esclareceu que, devido à fama da culinária francesa, a palavra "experimentar" era bastante apropriada.

– Mas, saiba o senhor, que esse pacto entre o casal tem seu limite.

– E qual é o limite? – perguntou.

– Nenhum dos dois deverá ligar-se tão profundamente à aventura que destrua o casamento.

– Invenção de franceses – contestou o inglês. – A verdade é que, quando colocamos os cavalos a correr, como vamos saber o que acontecerá? Muito perigoso esse tipo de "acordo", muito perigoso mesmo!

Concordei com ele e ainda acrescentei:

– O senhor tem toda a razão, é muito perigoso. E também se pressupõe que nenhum dos dois seja ciumento, caso contrário... Além disso, há o perigo de uma das partes apaixonar-se e não conseguir mais viver sem o seu amante e, assim, lá se vai o acordo estabelecido.

– Você está com toda a razão. A verdade é que a amizade, a solidariedade e a cumplicidade entre os casais é que vai construir a base sólida de um relacionamento e mantê-lo por muitos anos.

Lembrei-me de meus pais. Era um casal que se amava verdadeiramente. Quando papai fazia menção de sair de casa, minha mãe corria a ajudá-lo a vestir o seu sobretudo ou a sua gabardine. Depois o acompanhava até a porta e dava-lhe um beijo carinhoso, antes de ele sair para enfrentar o dia a dia.

Quando mamãe encontrava-se em uma sala nos fundos da casa, onde costurava, sempre dizia: "Não saia sem o meu beijo". Vinha ele então sempre avisá-la e receber seu esperado beijo antes de ir para o trabalho. Pareciam dois namorados, encantados um com o outro. Davam-se muito bem. É claro que seu amor não pode ser medido só por essa atitude, mas era como se aquele amor fosse uma poesia sendo composta dia após dia. Hoje que já estão mortos, dentro de mim ainda permanecem aqueles gestos de carinho. São eles como estrelas, que, embora distantes, ainda brilham no firmamento das minhas lembranças.

– Tenho pensado muito na minha situação e surpreendi-me com o que descobri.

– Poderia o senhor ser mais claro... – pedi.

– Na minha idade preciso de uma mulher ao meu lado, pois tenho dores, as mais variadas e nos mais diferentes lugares. Somos facilmente vítimas das distensões, torções, problemas musculares de toda espécie. Podes imaginar um homem como eu sozinho? Precisamos de uma mulher para nos passar pomadas nas costas. Como conseguiríamos sem elas? As mãos femininas são mais jeitosas, são delicadas. Desejamos alguém para contar o que nos acontece no dia a dia. Vou confessar a você, tenho receio de que Magda me peça o divórcio. É muito desagradável para um homem na minha idade ter que procurar outra mulher. Acostumei-me com seu modo de ser, sua maneira de me tratar, apesar de ela estar sendo infiel. Mas, sinceramente, estou disposto a perdoá-la, pois temo a separação. Não possuo mais trinta anos. Imagina, andar a conquistar. Na minha idade seria no mínimo ridículo, para não usar uma palavra pior. Sei que talvez, para uma mulher ainda jovem, como Magda, Londres pode ser uma cidade monótona como um trem nos trilhos.

Depois de todo esse desabafo, fiquei ainda mais penalizado do senhor Edward.

Entendia muito bem o que sentia, embora fôssemos de idade e países com diferentes culturas. Entretanto, como homens, aquele tipo de infortúnio nos aproximava e me tornava solidário para com ele.

– O senhor é verdadeiramente um homem elegante – falei –, no sentido mais amplo da palavra elegância.

E depois, quando o vi pensativo, calei-me, pois eu o distinguira, e o que ele mais precisava naquele momento era alguém que o confortasse, que colocasse um bálsamo no seu coração ferido. Quando o vi com os olhos distantes, disse-lhe que, se não se incomodasse, gostaria de saber o que pensava.

Com tristeza, assim se expressou:

– Tornei-me repentinamente um menino e me vi jogando pedras ao mar. Elas ricocheteavam sobre as ondas. Sentia-me feliz com essa distração, junto à água que ía e vinha em um incansável movimento. Tenho saudades de minha falecida esposa e de meu filho morto, tão jovem, na guerra. Observava-a junto à sebe entre jacintos e lírios. Estava deslumbrante. Andorinhas e pequenas borboletas pousavam sobre seu cabelo, formando uma grinalda. Íamos casar.

Seus olhos semicerrados procuravam por algo que pudesse confirmar aquela visão.

– Meu amigo – falou depois daquela digressão –, tudo nos parece diferente, quase estranho quando relembramos à distância.

Mesmo atento, não compreendi toda a dimensão do que queria dizer. Era para mim um mistério o que se encontrava na profundeza de seus sentimentos. Descobri que era um poeta, alguém capaz de transformar o cotidiano e o que vivia em beleza.

Depois dessa conversa, sugeriu terminarmos o vinho e subirmos para nossos quartos.

– A noite avança – falou – e é preciso parafrasear o grande Victor Hugo: "Je suis seul, je suis veuf et sur moi tombe la nuit".

Ao findar o que nos restava nos cálices, nos recolhemos aos nossos aposentos. Ao entrar no meu, fui tomado de surpresa com o requinte do ambiente, desde a poltrona com capitonê e uma bela pintura, lembrando cenas campestres, colocada em uma das paredes. Era singular.

A cômoda possuía exóticos puxadores dourados que nunca havia visto antes em nenhum lugar. Toda a mobília era de um extraordinário bom gosto. Perguntei quanto o senhor Edward estaria pagando por tanto luxo. Depois, pensando melhor, concluí que dinheiro não era o seu problema. Diferente da maioria dos milionários, ele era pródigo e comigo não havia se importado em partilhar sua fortuna. Havia assim deduzido, pela forma que até aqui me tratara e por tudo o que me ofertava tão amavelmente.

Apesar de não ter simpatizado com ele quando o conheci e mesmo ainda depois de algum tempo, cheguei à conclusão de que me equivocara sobre sua pessoa. Excluindo todas as vantagens que havia usufruído, deveria reconhecer que seu caráter era digno de admiração. Sempre se mostrara simples, sincero, educado e pródigo, apesar de ter muito dinheiro. Porém, o que mais me encantava nele era seu coração bondoso. Tinha facilidade para perdoar. Gostava das artes em geral. Amava sua esposa e também comigo havia sido generoso, logo eu, um húngaro colecionador de moedas que ele pouco conhecia. Refletindo sobre a minha vida depois de meu encontro com o inglês, despi-me, vesti meu pijama e fui para a cama. Esta mais parecia feita para um nobre da mais alta estirpe.

Um pouco antes de dormir, ainda rememorei as esclarecedoras conversas que com ele tivera e regozijei-me por tê-lo encontrado no meu caminho. A verdade é que muitas vezes tendemos a antipatizar com pessoas que pouco conhecemos. O psicanalista Sigmund Freud dizia que essa antipatia era oriunda do fato de aquela pessoa parecer-se com alguém com quem no passado havíamos tido uma má experiência. Tentei recordar-me de seu rosto e gestos, mas não consegui identificar esse alguém que se achava escondido no meu inconsciente. Talvez um dia me surgisse na memória ou até mesmo em algum sonho. Depois desses pensamentos, apaguei a luz e adormeci.

9

As grossas cortinas do principesco aposento no qual me encontrava impediam-me de vislumbrar a luz do dia quando acordei. Ao levantar-me e afastá-las, pude ver que a manhã estava ensolarada e convidativa. O relógio marcava oito horas e vinte minutos. Dirigi-me para o banheiro, tomei uma ducha, barbeei-me e me vesti. Desci pouco depois.

No salão, o desjejum estava sendo servido. Olhei ao redor, procurando o casal, mas não os encontrei. Estariam ainda dormindo? Provavelmente, pois havíamos nos deitado tarde. Estava terminando de tomar o suco de laranja quando chegaram. Pareciam satisfeitos e com o aspecto de que a noite lhes havia rendido mais do que um simples sono.

Quem assim os visse, jamais imaginaria que um drama desenrolava-se entre eles. Se é que de fato existia.

Cumprimentamo-nos e o senhor Edward sugeriu que fôssemos para uma mesa maior. Concordei. Selecionou uma que se encontrava próximo à janela, dela via-se a paisagem urbana de Florença. Suas construções em estilo renascentista embelezavam-na, formando um belo quadro com cores ocres, que ela emoldurava. O desjejum nos foi servido. O garçom mudou minha xícara de mesa. A conversa versou sobre o tempo e como havíamos tido sorte, pois nunca chovera. Perguntei a Magda se melhorara de sua "migraine". Respondeu-me sorrindo que a dor havia desaparecido totalmente e agradeceu.

– Hoje – falou o senhor Edward – não podemos deixar de almoçar em um dos melhores restaurantes que aqui existe. Esta cidade, que no passado foi palco de terríveis conflitos políticos, é, a meu ver, uma das mais atraentes da Itália.

Exaltava ele o dom que os italianos tinham no preparo dos alimentos.

– É realmente extraordinária a capacidade que possuem para seduzir-nos e acalmar nossos instintos malignos e belicosos com os sabores por eles preparados.

Depois desse comentário, fiquei a pensar como o preparo dos alimentos era importante. Após o desjejum, fomos caminhar pela cidade a pé. Havia nela tanta beleza com obras de escultura e arquitetura, que o passeio era um regalo para a nossa alma estética.

Ao nos perder e encontrar entre aqueles "vicolos" e vielas, encontramos a escultura de David. Ao observá-la, o senhor Edward mais uma vez perguntou:

– Por que exibir homens nus? Acham eles o corpo masculino mais belo que o feminino? Não posso crer.

Magda intrometeu-se no assunto, dizendo que os italianos haviam copiado dos gregos o costume de representar o corpo saudável e musculoso. A mulher era vista como um ser inferior. O vasto Império Romano exaltou o homem como um guerreiro, um conquistador vitorioso.

– Correto – disse o senhor Edward, que afinal já era britânico, embora nascido na Escócia –, mas poderiam eles exaltar suas conquistas, mas vestidos e não despidos.

Magda interferiu novamente:

– Ed – explicava –, no caso de David, é diferente. A obra é do pintor e escultor Michelangelo, que tinha como objetivo desafiar as convenções. É preciso lembrar o fato dos nus por ele pintados no Vaticano. Lá o Papa obrigou-o a vesti-los. Esta escultura não possui cunho religioso, era simplesmente um jovem no esplendor de sua beleza.

– Que se tornou famoso no mundo todo – acrescentei.

– Muito bem lembrado – falou Magda com seu indicador apontado para mim.

Depois disso, caminhamos por largos e ruelas que mais pareciam cenário para uma peça de Shakespeare. Os lugares eram acolhedores. Reportavam-nos aos cuidados que durante anos foram preservados.

A abóbada celeste, em núpcias com a cidade, regalava-a com matizes, e a temperatura tépida a acompanhava como uma compenetrada dama de honra. Sentíamo-nos tomados por um bom humor contagioso. Em um determinado momento, Magda avisou-nos que iria até o Palazzo Pitti. O senhor Edward advertiu-a:

– É na Piazza Pitti, fica longe daqui e está perto do almoço. Além disso, lá estiveste seis vezes.

– Ed, preciso observar mais de perto algumas obras – enfatizou. – Para quem quer pintar corretamente, como desejo, é preciso analisar não só a pincelada, mas as cores, a composição, o efeito que causam à distância e, principalmente, quando as olhamos de perto.

– Nós não iremos acompanhar-te. Ficaremos aqui. Tomaremos mais cafés e conversaremos. Vou esperar-te no hotel, para irmos almoçar.

– De acordo. Façam da conversa uma obra de arte – aconselhou.

Depois, caminhando apressada, desapareceu na primeira curva da esquina.

Fomos para um outro café que se encontrava em um terraço ao ar livre.

– Eu não entendo a obsessão de Magda, quer tornar-se uma exímia na pintura? Que pretende ela, afinal? Quer, por acaso, competir com os grandes mestres? E para quê? – indagava-se o inglês.

Pensando em ajudar a compreendê-la, dei minha contribuição.

– Mas é ótimo, senhor Edward, que ela deseje sempre melhorar. Isso é louvável. Se eu tivesse uma noiva ou uma esposa, gostaria que fosse tão dedicada a seu trabalho como é a sua.

– É, mas não esqueça que tudo isso acaba sendo desculpa para não permanecer em casa. É difícil encontrá-la em nossa residência quando estamos em Londres. Ela quer "viver a sua vida".

– Não a censure, as mulheres em geral, e ela em particular, pois é alemã, certamente deseja destacar-se fazendo algo que seja valorizado por todos os que possuem sensibilidade. A pintura, por exemplo, lhe daria essa oportunidade.

– Realmente – confirmou, concordando com a minha defesa. – Você tem razão, ela é jovem e possui ideais. Preciso compreendê-la. Agradeço muito, Frederico, a tua opinião. Esta muito me ajuda a entendê-la melhor. Não só através de minhas ideias, mas com a visão dela. Procurarei agir com mais diplomacia daqui para frente. Afinal, os tempos mudaram.

Permanecemos um pouco mais no terraço. Deliciava-me com as italianas que iam e vinham, sempre muito bonitas e elegantes. Também com as turistas do mundo todo que por ali transitavam.

– As florentinas são muito atraentes, não as acha, senhor Edward?

– Sim, é verdade, e o que mais admiro nelas é a pele, que parece uma porcelana, também os seios fartos e as grossas pernas.

– Além das belas cabeleiras – acrescentei.

– Sem dúvida, sem dúvida – repetia o inglês agora, parecendo ter rejuvenescido trinta anos. – Dizem que a pele de porcelana, os cabelos abundantes e os olhos brilhantes devem-se ao fato de consumirem muito as "pastas" todos os dias.

– Acredito que a farinha traga alegria e a abundância que vemos nas formas dos corpos das italianas – falei.

– É uma verdadeira maravilha! Por isso, penso que elas, e não os homens, devem ser esculpidas.

– Concordo totalmente com o senhor – acrescentei.

Disse essa frase e desatamos a rir como dois adolescentes cúmplices. O inglês gargalhava, jogando a cabeça para trás. Depois, olhou o relógio dizendo:

– É melhor irmos.

Chamou o garçom, pagou deixando no pires algumas liras. Fomos para a via procurar um táxi. Não foi fácil achar um carro entre meio-dia e meia hora. Surgiu um e, com um aceno de mão, veio a nosso encontro. Nele entramos. O trânsito não estava no seu melhor momento, pois trancara-se devido a um acidente. Permanecemos um quarto de hora parados. Mas afinal conseguimos chegar ao hotel.

Ao entrar, o inglês perguntou ao senhor da portaria se Magda havia retornado. Observando o local onde as chaves deveriam estar, informou que ainda não regressara. O senhor Edward subiu. Como desejava ler o jornal, sentei-me no saguão e ali permaneci. Pouco tempo depois, surpreendi-me ao ver Magda descer de um táxi com o vestido manchado e também um pouco rasgado. Seria alguma tinta vermelha ou era sangue? Pagou o motorista e caminhou em direção à entrada do hotel. Tive a impressão de que também mancava um pouco. Ocultei meu rosto atrás do jornal, para que não me visse e para que não se sentisse constrangida por estar tão descomposta. Ao ver a ausência de chave, sabia que o marido já se encontrava no quarto. Subiu.

Pouco depois, também subi e, ao entrar, fui até o espelho e com um pente ajeitei meus cabelos com um pouco de brillantine, pois estavam em desalinho. Em seguida desci. O casal já se encontrava perto do "bureau" da entrada.

O inglês dizia que pelo visto a Itália não estava em melhores condições que a Alemanha.

– Com Mussolini, o "duce", no poder desde 1922, há muitas insurreições e revoltas contra o governo e eles são severamente punidos pelo regime autoritário. Há também pancadarias, prisões, torturas e muitas mortes. Não me admiraria se Mussolini se unisse a Hitler. Infelizmente a Alemanha encaminha-se a passos largos para uma situação desesperadora. Que acontecerá se o Kaiser morrer? – indagava-se preocupado. – Veja só o que aconteceu a Magda. Contou que quando estava saindo do Palazzo Pitti foi atropelada por uma motocicleta. Pensa que o motorista parou para socorrê-la? Claro que não, pois percebeu que se tratava de uma estrangeira, uma turista. A violência está por toda parte, já a vi na Alemanha e agora aqui, na Itália. Sabe, Fred, temo que os vencedores da Grande Guerra tenham exagerado na cobrança dos encargos e indenizações aos perdedores. Agora mesmo providenciarei nossas passagens de retorno a Londres.

Deixou-nos e foi falar com o senhor do serviço turístico do hotel para reservá-las o mais rápido possível.

Depois da explicação sobre o "acidente" de Magda, não sei por que razão, não acreditei totalmente no fato por ela narrado. Qual seria o motivo que me levara a isso? Pus-me a refletir e dei-me conta de que algo parecia haver sido criado artificialmente. Estaria já migrando para o partido do senhor Edward e a condenando? Haveria notado em Magda algum detalhe que não se encaixava na sua estória, quando retornou?

Não consegui chegar a nenhuma conclusão. Certamente algo haveria que ainda não conseguira resolver aquele quebra-cabeça. Faltavam peças e eram estas que certamente me levariam a uma possível descoberta. O que estaria faltando? Lembrei-me de que a mancha vermelha era do lado esquerdo e ela mancava com o pé direito.

O que mais me agradou foi que, se pretendia tornar-me um detetive, era preciso começar a pensar como tal. Esse pensamento veio-me como um relâmpago, iluminando meu interior e fazendo-me rir de mim mesmo.

Vendo-me taciturno, o inglês aproximou-se e sussurrou:
– Não tenhas receio, pois nada nos acontecerá, tenho um passaporte diplomático e ele nos será valioso.

Observei-o atentamente e sorri, colocando a mão em seu ombro afetuosamente. Sabia que ignorava o que se passava no meu íntimo. Depois, pegou o braço de Magda de um lado e o meu de outro e disse que nos faria uma surpresa. Pediu para chamarem um táxi e nele entramos. Entregou ao motorista um papelucho. Tudo era secreto. Para onde iria nos levar?

O taxista, depois de muito rodar, parou na porta de um restaurante. Foi aí que descemos. Pagou e nos apresentou:

– Eis o melhor restaurante de Florença. Sei que a aparência não é de luxo, mas é aqui que se come as melhores iguarias desta cidade. Curiosos, fomos introduzidos a um ambiente aconchegante onde, pela hora, poucas pessoas se encontravam.

O senhor Edward escolheu uma mesa de canto, junto à parede, fora da passagem dos clientes. Instalamo-nos. Pediu rápido um vinho tinto e avisou ao garçom que escolheríamos os pratos. Apanhei um dos menus e comecei a ler. Era um restaurante que servia vários pratos, cujos nomes em italiano eu ignorava.

Depois de alguns minutos, perguntou-nos se poderia escolher por nós, uma vez que percebera que estávamos muito silenciosos e indecisos. Magda manifestou-se dizendo que desejaria um creme de aspargos como entrada. Para segundo prato, uma vitela ao molho de especiarias. Acompanhei-a na escolha, pois me pareceu excelente. O garçom retornou e nos informou que a vitela dormira entre uvas e vinho tinto.

Para contrariar o que havíamos pedido, o inglês pediu "codorna ao molho de ervas finas" e purê de maçã. Entusiasmado, informou-nos que não havia sabor igual ao desse prato em nenhum outro lugar.

– É no modo de prepará-lo que se encontra o segredo.

Mesmo antes de os pratos chegarem, já nos encontrávamos com "água na boca", como diz o ditado popular.

Anunciou que havia pedido para reservarem passagens para Londres dali a dois dias. Enquanto esperávamos, passei o olhar pelo restaurante e me surpreendi ao reconhecer, em uma das mesas próximas, o mesmo homem loiro que havia visto na gare em Berlim. Continuava ele com a bengala diferenciada, que mais parecia um bastão. Observei-o. Ele, ao passar os olhos pelo restaurante, não se deteve em lugar algum.

Encontrava-me ao lado de Magda, procurei ver se ela faria algum movimento que a incriminasse. Entretanto, nada vi. O estranho homem pediu um vinho e, quando lhe foi servido, rejeitou-o alegando acidez exagerada. O garçom ofereceu-lhe então outra garrafa que ele acabou também por rejeitar.

Pareceu-me uma atitude arrogante pedir dois vinhos de diferentes vinícolas e rejeitar ambos. Mas afinal o que me parecia era que ele gostava de demonstrar um comportamento irreverente. Na estação em Berlim, havia feito a bengala circular duas vezes, agora havia rejeitado dois vinhos de diferentes origens. Seria o número dois alguma senha?

Encontrava-me mergulhado nesses pensamentos quando ouvi o senhor Edward declarar:

– Eis o antepasto!

O garçom colocara na mesa um prato de "Fiori di Zucca Fritti". Nunca havia comido flores antes; eram flores de abóbora e fritas. Provei-as e eram de fato deliciosas.

O garçom, ao depositar, fazia um bailado, uma demonstração exótica. Na mesa, nós não falávamos mais, tal era o prazer que sentíamos com o sabor das flores...

– Como o senhor muito bem disse: vai apaziguar os nossos mais desconcertantes ímpetos ou maus instintos.

Ele ria, e Magda, não perdendo o seu modo protocolar, acrescentou:

– Nem todos.

Vi que seu marido analisou-a, entre o curioso e o intrigado, e perguntou o que quisera dizer.

Mas, do mesmo modo que disse, desdisse:

– "Never mind"; esqueça – acrescentou.

Antes mesmo que começássemos a comer, avisou-nos que faria vir ainda um prato que os italianos sabiam fazer com primor e chamava-se "berinjela à parmegiana".

Magda protestou alegando que já havia um exagero nos pedidos. A verdade era que ela alimentava-se como um passarinho. Apesar dos rogos de sua mulher, o escocês chamou novamente o garçom e pediu a iguaria por ele elogiada. O garçom saiu com seu bailado e pouco depois retornou, trazendo o pedido. Magda provou-o e fez uma exclamação de surpresa e prazer. A berinjela havia sido aprovada.

– Estou certo ou não? – indagava-nos, oferecendo-me uma parte e comendo a que restara.

A escolha de fato havia sido ótima e a elogiamos.

Até Magda, que possuía o hábito de comer pouco, deliciava-se com as iguarias. As porções eram moderadas, mas todos ficamos satisfeitos. Após comermos, o menu foi novamente trazido para a sobremesa. O senhor Edward escolheu "profiteroles" com molho de chocolate quente e, para mim, pedi um "tiramisu".

– A sobremesa me completou – disse-nos o inglês, rindo.

– A minha superou as expectativas – falei.

Magda disse que não era para admirar, pois estávamos comendo o que havia de melhor na Itália.

– Há uma sobremesa igualmente saborosa, chama-se "seio de Vênus", mas essa creio que só encontramos na França.

Resolveu nos dar uma aula, dizendo-nos que o Império Romano, ao expandir-se do Ocidente para o Oriente em um certo momento, possuía duas capitais: Roma e Bizâncio, que foi mudada de nome para Constantinopla, em homenagem a Constantino, e depois recebeu o nome de Istambul. Essa expansão propiciou aos italianos conhecer diferentes especiarias e novas formas de usar os ingredientes. Isso fez a diferença. Meti-me na explanação, acrescentando que nós húngaros éramos os responsáveis por grande parte das massas folheadas, inclusive o famoso "croissant". Todos pensavam ser ele originário da França, mas era húngaro.

– Poderia explicar melhor? – pediu o inglês.

– A Hungria – disse – era, em outras épocas, muito sujeita a invasões, principalmente dos turcos. Conta-se que, certa vez, em uma madrugada, quando os padeiros encontravam-se preparando as massas, ouviram muitos ruídos estranhos na parte onde ficavam os esgotos da cidade. Avisaram as autoridades que, ao verificarem os fatos, descobriram uma invasão turca. Conseguiram impedi-la. Os administradores então pediram aos padeiros que fizessem um pão que lembrasse a memorável data. Foi assim que nasceu o "croissant", ou seja, a meia-lua da bandeira turca. Quando a princesa Maria Antonieta, que era austríaca, casou com o rei francês Luís XVI, o "croissant" foi levado para a França.

– Esclarecedora explicação – disse o inglês.

– Obrigado, senhor Edward – agradeci.

– A suavidade nos sabores – continuava Magda – deve-se à sutileza dos orientais. O Oriente ensinou muito aos italianos.

Quando terminou sua aula sobre o Império Romano, concordamos totalmente com ela. O inglês, para não ficar omisso, também nos deu sua contribuição:

– O contato entre os povos do Ocidente e do Oriente foi o que permitiu ao continente europeu alterar parte de seus velhos hábitos ou costumes. Vamos encontrar entre eles os novos sabores na culinária, como nos disse Magda. Apesar de muitos desprezarem a "Idade Média" como sendo a "Idade das Trevas", nela havia monges que se dedicavam ao cultivo de plantas e estas serviam não só para temperar os alimentos como também para prevenir e curar doenças. Além disso, o vinho foi também feito por eles. Os monges o bebiam primeiro quase em forma de licor. Diziam que era rejuvenescedor e saudável em doses moderadas. Sabemos que os temperos são remédios, mas é preciso conhecer suas propriedades para administrá-los devidamente. É importante evitar as gorduras; pouco açúcar e sal é também necessário.

"Segundo os grandes cozinheiros, é preciso o condimento ser posto de modo que não possamos distinguir a sua presença nos alimentos. Nunca um tempero deverá sobressair-se. Por exemplo, um vitelo deve ter, acima de tudo, sabor de vitelo e não gosto de pimenta ou de outro tempero qualquer.

"Um rei, para vestir-se, poderiam vocês calcular quantas pessoas precisam para que isso possa acontecer?"

Magda disse que não tinha ideia.

– Nem eu mesmo sei – falou-nos o senhor Edward –, mas certamente centenas de pessoas ajudaram para isso, da cabeça aos pés.

– Sim, sim, sem dúvida – confirmei.

– Vou contar-lhes uma fábula – continuou o inglês. – Certa vez, um lenhador que costumava todos os dias ir ao bosque cortar lenha já cansado de seu trabalho, pois sempre fazia do mesmo modo e sem nenhuma vontade, objetivo ou entusiasmo... Sua finalidade era apenas cortar as árvores e fazer lenha, vender algumas e usar o que restava. Um fim de tarde, cansado de tudo, vociferou: "Que diabo, quero ser rico e não vender tocos para viver". Subitamente um estranho homem surgiu na floresta. Falou com ele e prometeu-lhe riqueza, mas em troca deveria trazer-lhe o primeiro ser vivo que encontrasse ao retornar para casa. O lenhador sabia que ao chegar sempre vinha recebê-lo seu estimado cão. Naquele dia, porém, veio ao seu encontro sua única filha. O pobre homem teve então que contar-lhe sua triste estória. A jovem pediu que a levasse, pois era uma promessa e afinal teriam uma recompensa. A estória é muito mais longa, mas o importante é que todo trabalho deve ter dois objetivos: um racional e outro intencional. O primeiro é ganhar dinheiro, mas o segundo é fazer algo em benefício da sociedade na qual você vive. O lenhador não possuía em seu trabalho um ideal, um objetivo solidário. Para ele, o trabalho nada representava e por isso foi visitado pelo demônio. Na verdade, o demônio são as forças depressivas que habitam dentro de cada um de nós e que podem nos aparecer a qualquer momento. Quando não executamos o trabalho com um objetivo maior do que unicamente ganharmos dinheiro, seremos fatalmente vítimas de uma depressão, de uma falta de sentido na nossa vida.

"A felicidade, digo, é fazer o que se gosta. Muitos veem o trabalho como um fardo e só se interessam pelo sustento que dele recebem. Nunca pensam com ele aprender e ajudar os outros, crescer com sua aprendizagem, tornando-se aos olhos da sociedade pessoas honradas e excelentes nas suas variadas habilidades. É preciso desenvolver ao máximo nossas potencialidades. É só através do trabalho que podemos nos dimensionar. É através dos desafios que ele nos apresenta que poderemos saber quem realmente somos e do que somos capazes e reconhecer também nossos limites."

Resolvi interferir e acrescentei:

– É preciso ter alegria no que fazemos. A satisfação vai torná-lo leve e não a pedra de Sísifo.

– Estás certo, Fred, o amor pelo trabalho nos torna seguros de nós mesmos, expansivos. Sentimos que o dinheiro é só uma parte, pois as amizades e a credibilidade que os outros possuem para conosco é que são importantes. Enfim, o trabalho dá um sentido à nossa existência. Em muitos trabalhos as pessoas sentem como se estivessem em férias: os músicos, os artistas plásticos, os cantores, entre outros.

Magda, que já ouvira o suficiente, deu sua opinião:

– Nem sempre nos sentimos em férias com nosso trabalho. Há trabalhos e trabalhos. As férias são necessárias sempre, pois são elas a quebra do cotidiano. Precisamos reabastecer nossa energia.

Não perdendo a oportunidade, perguntei ao senhor Edward no que ele ainda trabalhava. Esclareceu-me que ajudava a dirigir uma empresa de construção que pertencera ao seu pai e também ao avô. Quando era jovem havia estudado engenharia e arquitetura.

– A propósito – falou o inglês –, gostaria que fizesses um trabalho de arquitetura para a nossa empresa. Agora já sei que és também arquiteto.

– Como o senhor soube? – intrigado, perguntei.

– Também possuo minhas fontes de informação – acrescentou.

– Como desejo passar um tempo em Londres, o convite me parece apropriado. Aceito fazer o trabalho. Agradeço por mais esta gentileza.

Magda corria o olhar ora para seu marido, ora para mim.

Vi, pela sua expressão, que não havia entendido o real motivo daquele convite.

Certamente o senhor Edward oferecia-me um trabalho para justificar minha estadia em Londres. Estaria ela já desconfiada do que tramávamos? No seu discurso pude verificar que era um homem ativo, bondoso e sua personalidade possuía múltiplas facetas. Surpreendi-me admirando o seu modo de ser; um eterno aprendiz, como se autodenominava. Isso me encantava cada dia mais, até porque não estava acostumado. Na minha família, meus irmãos e tios eram tão maçantes, previsíveis e muitas vezes mesquinhos, com sua contabilidade de tudo e também com suas eternas desavenças. Dizia para mim mesmo que aquelas vulgares atitudes causaram-me repugnância inúmeras vezes. O tempo é um bom mestre, pensei, pois me havia feito mudar de opinião, e também minha forma de ver as pessoas e os fatos que a elas se relacionavam. Ser, entretanto, um detetive, algo que nunca havia sido, voltou novamente a me assombrar. Era como um fantasma sempre à minha espreita, deixando-me inquieto. Precisaria ler sobre o assunto. Isso me passou em um "attimo". Lembrei que essa palavra era italiana e que me agradava sua sonoridade.

O senhor Edward, vendo-me taciturno, perguntou-me em que eu pensava. Disse-lhe que gostava da sonoridade da palavra "attimo".

– Ah! É muito bonita; aliás, penso que todo o idioma italiano possui uma sonoridade invejável.

– O senhor tem razão, a língua italiana nos dá a sensação de vida, de alegria e de prazer. Graças a Dante Alighieri, que a transformou com sua poesia.

– Tens razão – interferiu Magda. – É isso mesmo, não saberia sintetizá-la tão bem.

– Sendo o latim a mãe, a origem de todos os idiomas "latinos", o italiano é o mais próximo dele. Organizaram-no possivelmente com o intuito de, através da palavra, a Igreja Católica Apostólica Romana levar ovelhas desgarradas de volta ao caminho certo, isto é, a Deus, ao bem e à beleza...

– Está correto, pois os romanos sempre exercitaram os grandes e convincentes discursos no Senado.

Magda completou:

– E no amor, naturalmente.

– Sim, é verdade – continuou o senhor Edward –, também no amor. Mudando totalmente de assunto: se o Kaiser vier a falecer, o que acontecerá? Sabemos que Hitler tem ódio dos vencedores da Grande Guerra. Alemanha e Itália tiveram que pagar vultosas indenizações. Berlim está hoje uma bomba prestes a explodir. No final de 1918, quando a guerra terminou, começou a inflação, a pobreza e todos os problemas dela advindos. Tudo isso ainda vai nos acarretar sérias consequências, ouçam bem o que estou dizendo.

Ouvia calado os comentários feitos e concordava com a cabeça.

O inglês continuou:

– Os camisas-pardas hoje são o pesadelo do povo berlinense. Eles roubam, ameaçam, surram e matam. Estou certo de que outra guerra está preparando-se.

– Que horror! – Magda exclamou. – Estás certo disso, Ed?

– Certíssimo, é só uma questão de tempo.

Sorvíamos nossos cafés, chocolates e chás; todos preocupados com a situação.

– O melhor a fazer – concluiu – é retornarmos à Inglaterra, pois o continente não mais nos oferece segurança alguma.

10

    Poucos dias depois, voltamos a Roma e de lá voamos para Londres.
    Apesar de sentir algumas vezes a falta de Budapeste, nunca demonstrei, pois já havia me comprometido em ajudar o senhor Edward. Contou-me que sua simpatia para comigo iniciara desde que me vira pela primeira vez. A verdade era que me assemelhava muito a Frank, seu filho, que havia morrido vítima da guerra. Sua mulher também faleceu em consequência da morte de Frank. Louise não suportou a perda.
    – Sinto-me lisonjeado por parecer-me com seu filho. Agradeço mais uma vez ao senhor o carinho e tudo o que até aqui me foi dado.
    Olhei para Magda... Ela estava voltada para seu interior, no qual não podíamos penetrar e sobre o qual nada nos revelaria. Quando participava da conversa, o que raramente acontecia, era sempre através de perguntas ou com expressões faciais.

A viagem até Londres foi tranquila. Aterrissamos na magnífica capital do Império Britânico. A fila para espera dos táxis estava enorme e tivemos que aguardar quase uma hora. O inglês já havia me convidado para pernoitar em sua residência. Não me fiz de rogado e aceitei o convite. Tinha a intenção de nos próximos dias encontrar um hotelzinho por um preço razoável e nele me instalar.

Ao entrarmos no táxi, ele informou a direção ao motorista: Rua Hyde Park. Não ouvi o número. Depois de algum tempo, finalmente chegamos. Um lacaio apareceu e apanhou as malas e valises, enquanto outro, perto da porta da moradia, estava à nossa espera. O táxi foi pago e entramos.

Contou-me, quando dentro dela nos encontrávamos, que a recebeu como herança de seu pai, que herdara do avô. Está hoje localizada em um lugar muito valorizado, mas, na época que foi adquirida, o terreno era um lugar pouco atrativo e pagaram por ele um baixo preço.

Ao entrar, pude observar que a sala era enorme e bem decorada. Ali estavam móveis de mogno e carvalho. Havia uma cômoda em estilo chinês de laca vermelha com pinturas e incrustações de cenas da Antiga China. Turner, Rossetti e Renoir encontravam-se dependurados nas espaçosas paredes. Aqui e ali ornando as mesas encontravam-se vasos com flores, cinzeiros de "murano" e um "cloisonné". Objetos egípcios e alguns de madeira mostravam figuras africanas rústicas. As mesinhas eram francesas e inglesas, possivelmente compradas segundo o gosto da primeira esposa do senhor Edward. Magda também havia dado seu toque, pois objetos "Rosenthal" encontravam-se entre as porcelanas de "Saxe".

Nesse meio-tempo, o criado apanhou minha maleta e subimos a escada. Esta era larga, sinuosa e de mármore. Acompanhei-o sempre muito atento a tudo o que via. Ao sairmos da escada, percorremos um longo corredor até ele abrir uma porta à esquerda. Entramos e nela ele depositou minha bagagem. Depois me desejou uma boa estadia e saiu. Fechei a enorme e consistente porta que me separava do corredor.

Ao sentir-me sozinho, respirei o ar perfumado do ambiente. Depois, abri a maleta e acomodei minhas roupas. Coloquei a valise com as moedas no armário. A cama, apesar de ser de solteiro, era ampla. Duas enormes janelas davam para um espaço com vegetação abundante e variada. Escancarei-as, deixando que um suave perfume de rosas invadisse o quarto. A brisa sussurrava e o ar tornara-se cálido naquele final de tarde. Ao observar melhor o quarto, deparei-me com uma mesinha de canto onde havia uma fotografia do filho do senhor Edward. Com aquele uniforme, o rapaz lembrou-me a mim mesmo na época em que estava na Cavalaria.

Resolvi deitar-me um pouco. Despi-me e me meti debaixo das cobertas. Em seguida pensei que admirava os ingleses no seu cuidado com as árvores, as plantas e as flores. Deveria extrair disso um exemplo. Em Londres, percebia-se com mais clareza o poder e a riqueza do Império Britânico. Apesar de serem eles bastante introvertidos e calados, demonstraram nas suas piadas possuir um sutil e refinado senso de observação. Lembrei que, de uma maneira geral, quem fala pouco tem um olhar mais profundo sobre as pessoas e as coisas. "Nem todos, é claro", corrigi a mim mesmo. Algumas vezes, ser calado demais poderia demonstrar uma certa imbecilidade ou falta total de conhecimentos, ou também uma exagerada timidez.

Recostado nos largos travesseiros, assim permaneci um longo tempo refletindo. Depois, levantei-me, fui até o banheiro e percebi que deveria escanhoar-me. Apanhei meus apetrechos e iniciei a preparação. Ao terminar, coloquei um creme italiano, pois os italianos cuidavam para que sua pele ficasse macia. Fui para o banho. Saí renovado e pensando no jantar. Acabei por deitar-me um pouco mais. Pessoas, antes estranhas para nós, agora eram nossos protetores. De tudo o que já havia vivido, tinha em mente uma máxima: "Viver não era para os covardes!" Alguém dissera isso. Existiria o que chamavam sorte? Havia acontecido comigo?

Quando poderia imaginar que um senhor que havia conhecido através de um outro a quem vendera moedas poderia simpatizar comigo porque eu era parecido com seu filho morto? Pensei nisso e sorri.

Estaria a sorte do meu lado?

Quantos malabarismos a vida havia feito, caminhos sinuosos, para conduzir-me novamente a Londres?

11

Agora iria ser um detetive, um detetive ocasional. Ao pensar nisso, um certo medo ocorreu-me, uma corrente elétrica percorreu meu corpo. Enquanto assim pensava, vi à minha esquerda um enorme armário. Levantei e minha curiosidade levou-me a abri-lo. Dentro dele havia vários livros de diferentes escritores. Mas descobri os livros de Sir Arthur Conan Doyle entre eles. Deveria lê-los, pois certamente tinham muito a me ensinar. As obras estavam como se saídas da editora. Pouco haviam sido manuseadas.

Dei uma passada de olhos e encontrei uma sintética biografia do autor. Era um escocês nascido em 1859. Possuía um pai alcoólatra e uma mãe apaixonada por literatura. A família vivia com parcos recursos financeiros. O pai, Charles Doyle, chegou a ser internado em um sanatório para doentes mentais. Aos nove anos, parentes abastados ofereceram-se para financiar os estudos do garoto. Foi ele então para uma instituição com costumes corporais rígidos, aos quais todos os alunos eram submetidos.

Para aliviar a tensão dos dias difíceis e da saudade de casa, escrevia para a mãe, de nome Mary. Decidiu cursar medicina. Em Edimburgo sofreu forte influência do Dr. Joseph

Bell, um dos seus professores. Profissional que se destacava pela minuciosa capacidade de observar os pacientes, pela lógica de seus raciocínios, pelas deduções que utilizava para chegar às conclusões de seus casos e para os diagnósticos das doenças. Pela formulação de hipóteses a respeito do caráter e dos hábitos dos pacientes. Todas essas características seriam futuramente colocadas na sua apaixonante criação: o detetive Sherlock Holmes.

Inicialmente escrevia em uma revista que possuía milhares de assinantes. Em 1893, entretanto, Conan Doyle quis matar Sherlock Holmes; o autor não tinha ideia dos milhares de leitores que suplicariam pelo retorno do detetive.

Casou-se em 1885 com Louise Hawkins, uma moça, segundo ele, amável.

Escreveu depois disso muito mais, pois a esposa encontrava-se tuberculosa. Nessa época, resolveu vincular-se ao espiritismo. Com o advento do cientificismo no século XIX, tudo deveria sofrer alteração para adaptar-se aos novos conceitos, inclusive o crime. A Era Vitoriana, iniciada em 1837 e encerrada em 1901, necessitava de uma renovada figura; alguém capaz de construir nacionalmente esses acontecimentos a partir de tênues vestígios. O primeiro romance de Doyle chamava-se *Um estudo em vermelho*.

Resolveu começar a lê-lo, pois nesse livro é explicado como Watson havia ido morar com Sherlock Holmes. Watson era médico, trabalhava na Índia. Havia voltado a Londres para recuperar-se de uma febre tifoide e, como ganhava pouco, precisava encontrar alguém para dividir um apartamento ou uma residência. Foi até o Bar Criterion e lá encontrou um velho amigo chamado Stamford, que trabalhava como cirurgião assistente no Hospital Bars.

Watson convidou-o para almoçar e juntos entraram em um coche.

– Que andou fazendo consigo? – perguntou Stamford.

– Está mais magro que uma vara e mais escuro que uma noz.

Watson deu uma descrição de suas aventuras e concluiu que pretendia procurar um lugar para morar por um preço módico.

– Que estranho! – observou o amigo. – Você é o segundo conhecido que me diz isso hoje.

– E quem foi o outro? – perguntou.

– Foi um colega que trabalha comigo no laboratório químico do hospital. Lamentava-se esta manhã que não tinha alguém para dividir o aluguel de uma agradável casa que havia encontrado e que estava acima de suas condições financeiras.

– Nossa! – exclamou Watson. – Se ele quer mesmo alguém para dividir o aluguel e a despesa, sou o sujeito certo. Prefiro ter um parceiro a ficar sozinho.

Stamford olhou para Watson com uma expressão um tanto estranha, acima de sua taça de vinho.

– Você ainda não conhece Sherlock Holmes – disse. – Talvez não lhe agradasse tê-lo como um companheiro constante.

– Por quê? Existe algo que deponha contra ele?

– Ah! Não disse que havia alguma coisa contra ele. Só que possui umas ideias meio esquisitas. É entusiasta por alguns ramos das ciências. Mas, pelo que sei, trata-se de um camarada decente.

– Estudante de medicina, por acaso?

– Não, não faço a menor ideia a respeito de seus projetos. Creio que é excelente em anatomia e um químico de primeira classe, mas, até onde sei, jamais ingressou em um curso regular de medicina. Seus estudos são muito díspares e excêntricos. Entretanto, Holmes acumulou um grande e extraordinário conhecimento que surpreenderia até os professores dele.

– Gostaria de conhecê-lo – disse Watson. – Se vou morar com alguém, prefiro uma pessoa de hábitos tranquilos e dedicada ao estudo. Ainda não me sinto forte o bastante para suportar muito barulho. No Afeganistão aguentei ambas as coisas em grau suficiente para o resto da minha vida. Como poderia conhecer esse seu amigo?

– Com certeza deve estar no laboratório – respondeu Stamford.

Ao dirigir-nos para o hospital, após sair do Holborn, meu amigo acrescentou mais alguns detalhes sobre o cavalheiro a quem eu pretendia aceitar como coinquilino.

– Não me culpe se não se der bem com ele – falou. – Nada mais sei sobre Holmes, senão o que me foi dito por ele ao encontrá-lo vez ou outra no laboratório. Foi você quem propôs esse acordo, portanto deve isentar-me de qualquer responsabilidade.

– Se não nos dermos bem, será fácil cada um seguir seu próprio caminho – respondi. – Mas tenho a impressão – acrescentei com um olhar sério para Stamford – de que algum motivo o faz querer se eximir da questão. Esse sujeito tem um temperamento assim tão terrível ou do que se trata? Fale sem rodeios a respeito.

– Não é fácil expressar o inexprimível – respondeu com uma risada. – Holmes é meio científico demais para meu gosto e beira a insensibilidade. Imagino-o dando a um amigo uma pitada do último alcaloide vegetal, não por maldade, entenda-me, mas apenas com o espírito de pesquisa, a fim de obter uma ideia precisa dos efeitos. Para fazer-lhe justiça, acho que ele mesmo ingeriria com a mesma disposição. Parece ter uma paixão pelo conhecimento definitivo e exato.

– Uma atitude muito correta.

– Sim, mas às vezes levada ao excesso. Quando se trata de espancar com um porrete cadáveres, certamente adquire uma forma um tanto bizarra.

– Espancar cadáveres?

– Sim, com o fim de verificar até que ponto é possível causar hematomas depois da morte. Isso eu o vi fazer com meus próprios olhos.

Estávamos chegando à rua do hospital. Enquanto Stamford falava, dobramos uma viela estreita e transpusemos a pequena porta lateral que se abria numa ala do grande hospital. Depois de muito andar, chegamos afinal ao laboratório. O último estudante estava debruçado sobre uma mesa, distante e absorvido em seu trabalho.

Ao ouvir o ruído de nossos passos, olhou em volta e levantou-se de um salto com exclamação de prazer.

– Descobri! Descobri! – gritou ao meu amigo e correu em nossa direção com um tubo de ensaio na mão. – Descobri um reagente que é precipitado pela hemoglobina e por nada mais.

A descoberta de uma mina de ouro não lhe teria dado mais prazer.

– Dr. Watson, este é Sherlock Holmes – Stamford apresentou-nos.

– Como vai? – disse cordialmente e apertou-me a mão com uma força que, a julgar pela sua aparência, eu dificilmente acreditaria que tivesse. Em seguida, observou: – Noto que esteve no Afeganistão.

– Com os diabos, como soube? – perguntei surpreso.

– Não tem importância – respondeu. – A questão agora se refere à hemoglobina. Sem dúvida não imagina o valor da minha descoberta.

– Com certeza é importante, do ponto de vista químico – respondi em termos práticos.

– Ora, trata-se da mais prática descoberta médico-legal dos últimos anos. Não entende que é um teste infalível para detectar manchas de sangue? Venha até aqui.

Em seu entusiasmo levou-me até a mesa na qual estivera trabalhando.

– Façamos um teste com um pouco de sangue.

Enfiou uma agulha longa e grossa no dedo, depositando uma gota de sangue em uma pipeta.

– Agora, acrescento esta pequena quantidade de sangue a um litro d'água. Veja que a mistura resultante parece água pura. A proporção de sangue não pode ser superior a uma para um milhão. Não tenho a menor dúvida, porém, de que conseguiremos obter a reação característica.

Ao dizer isso, despejou na proveta alguns cristais brancos e adicionou, logo em seguida, algumas gotas de um fluido transparente. Instantes depois, o conteúdo adquiriu uma cor de mogno fosco ao mesmo tempo que se depositava no fundo do frasco de vidro um pó pardacento.

– Aí está! – exclamou. – Esplêndido! O antigo teste com guáiaco era muito tosco e impreciso, assim como o exame microscópico dos glóbulos vermelhos. O último de nada serve se as manchas estiverem presentes já há algumas horas. Agora, este parece agir bem, tanto em sangue velho quanto em novo. Se esse teste já tivesse sido inventado, centenas de homens que andam pelas ruas impunes teriam cumprido as penas pelos crimes que cometeram.

Fred passou os olhos por algumas páginas e encontrou o que desejava: "a ciência da dedução". Sherlock Holmes explica a Watson como usa sua dedução através da observação das unhas de um suspeito, das mangas de seu paletó, do calçado, dos joelhos, do polegar, de sua expressão, dos punhos de sua camisa, por esses detalhes – disse – revela-se claramente sua ocupação.

– Então, diga-me – perguntou curioso Watson –, como soube, sem me conhecer, que eu viera do Afeganistão?

– Usei o seguinte raciocínio – explicou Holmes. – Vejo diante de mim um indivíduo com aparência de médico e com ar de médico militar. Acabou de chegar dos trópicos, porque tem o rosto bronzeado e esta não é sua tez natural, como se pode ver pelos pulsos. Sofreu privações e doenças, segundo o que se nota do seu semblante emaciado. Foi ferido no braço esquerdo, que mantém de uma maneira rígida e anormal. Onde, nos trópicos, poderia um médico inglês do exército ter sofrido tantas adversidades e recebido um tiro no braço? Claro que no Afeganistão.

Toda a série contínua de pensamento não durou um segundo.

Então, comentei que você vinha da região afegã e deixei-o boquiaberto.

– Parece demasiado simples – comentei sorrindo. – Você me traz à lembrança o personagem Dupin de Edgar Allan Poe. Eu não fazia a mínima ideia de que tais indivíduos existissem de fato, fora dos livros ficcionais.

Sherlock Holmes levantou e acendeu o cachimbo.

– Sem dúvida, acredita que me faz um elogio ao me comparar com Dupin – observou. – Pois bem, em minha opinião, Dupin era um sujeito muito inferior. Aquele seu truque de interromper os pensamentos dos amigos com uma observação oportuna, após quinze minutos de silêncio, é de fato muito exibicionista e artificial. Não nego que ele tenha algum gênio analítico, mas não era de modo algum o fenômeno que Poe imaginava.

– Já leu as obras policiais do francês Galorian? – perguntou. – O personagem Lecop aproxima-se de sua concepção de um detetive ideal?

Sherlock fungou sarcástico.

– Lecop era um desgraçado, incompetente – disse com uma voz irada, que nada tinha a recomendá-lo senão sua energia. – O livro ao qual me refiro deixou-me doente. A questão era como identificar um prisioneiro desconhecido. Eu teria feito em vinte e quatro horas, Lecop levou uns seis meses. Deveriam transformá-lo no livro acadêmico dos detetives para ensinar o que não devem fazer.

Senti-me meio indignado ao ver tratado nesse estilo arrogante dois personagens que eu admirava. Caminhei até a janela e ali fiquei olhando a rua movimentada. Esse camarada pode ser brilhante, disse para mim mesmo, mas certamente é muito presunçoso.

Fred queria verificar se Sherlock Holmes e Watson já haviam concordado em morar juntos e voltou às páginas anteriores para certificar-se.

– Viemos tratar de um negócio – explicou Stamford, sentando-se num alto tamborete de três pernas e empurrando um outro em minha direção com o pé.

– Meu amigo aqui precisa de um lugar para morar e, como você se queixava ainda esta manhã de não conseguir ninguém para dividir o aluguel, achei melhor apresentá-los.

Sherlock pareceu encantado com a ideia de dividir seus aposentos comigo.

– Estou de olho em um apartamento na Baker Street – informou –, o que viria bem a calhar em todos os aspectos. Espero que não se importe com o cheiro forte do tabaco do meu cachimbo.

– Sempre os inalei no navio – respondi.

– Que bom, então. Guardo substâncias químicas, pois de vez em quando faço experiências científicas. Isso o incomoda?

– De modo algum.

– Deixe-me ver... quais são minhas outras deficiências. Algumas vezes caio em uma melancolia e não abro a boca durante dias seguidos. Não deve me julgar mal-humorado quando fico assim. Apenas me deixe em paz, que logo voltarei ao normal novamente. O que você tem a confessar agora?

Havia acabado de ler essa frase quando tive a impressão de ouvir batidas na porta do quarto. Fui abrir. Surpreendi-me ao deparar com o senhor Edward já vestido para o jantar. Disse-lhe que colocaria meu paletó e gravata. Ele, então, em voz baixa, explicou-me que Magda estava novamente com uma de suas memoráveis dores de cabeça e havia dito que não jantaria conosco.

– Assim é melhor – acrescentou –, pois poderemos falar sobre o assunto que nos interessa sem sermos perturbados.

– Mas quanto ao lacaio ou ao mordomo que serve o jantar? – perguntei.

– Ah! – disse. – Não saberão, pois falaremos como se fosse algo que está ocorrendo com outra pessoa. Mesmo desconfiando, nunca terão certeza. Quanto ao mordomo, que é também meu valete, tenho nele total confiança. É quem vai nos servir hoje no jantar.

– Perfeito! – exclamei e dirigi-me ao armário para apanhar minha gravata e meu paletó. Coloquei-os. – Agora que estou adequadamente vestido, podemos descer, senhor Edward.

12

Fomos para a imensa escada e nos dirigimos à sala de jantar. Os empregados estavam a postos para nos ajudar a sentar, puxando nossas cadeiras.

Falei ao senhor Edward que me encontrava lendo quando bateu à porta do quarto.

– Que leitura tão interessante o absorvia?

– De fato era muito interessante para mim – confirmei.

– Para que tanto mistério? – perguntou.

– É que estou entrando "no clima"...

– Com que livro, afinal?

– Um romance de Arthur Conan Doyle, de nome *Um estudo em vermelho*.

– Ah! – exclamou. – Tinha uma certa convicção e pelo jeito não me enganei.

– Talvez, talvez – confirmei com um sorriso.

– E então? – perguntou o inglês.

– Surpreendente – respondi. – Aquela estória de descobrir tudo pela forma dedutiva é simplesmente fantástica.

– E sabe de onde o senhor Doyle tirou essa maneira de observar as pessoas?

– Tenho uma vaga ideia.

– Pois então vou explicar-lhe.

Nesse meio-tempo, o mordomo já estava servindo um caldo de vegetais, que estava delicioso.

– O que queria esclarecer-lhe é que, quando o senhor Arthur Doyle era estudante de medicina, possuía um professor brilhante. Sua vida inteira considerou seu professor um gênio na sua capacidade de observação. Quando dava o diagnóstico do paciente, dizia não só sua doença mas também no que trabalhava e de que local vinha... O médico encontrava o doente em uma cama e nunca o havia visto antes.

"Observava suas unhas, mãos, a cor da pele, seu rosto, sua respiração e começava: 'O senhor veio de Gales, não?' 'Como o senhor soube, doutor?', indagava o paciente. 'Ora, vejo que suas unhas estão muito pretas e encardidas com algo de difícil remoção, que é o carvão das minas do país de Gales. O senhor é um mineiro, vejo pela sua dificuldade em respirar. Essa respiração é própria de quem permaneceu muito tempo em um ar impuro, embaixo da terra. Trabalhava lá muitas horas.'

"O médico por ali ia com suas descrições que fascinavam o jovem estudante Arthur. O seu fascínio acompanhou-o sempre, e o resultado foi que ele, ao criar o detetive Sherlock Holmes, pôs em seu personagem o método dedutivo que tanto admirava em seu professor."

Depois do caldo, o mordomo trouxe para a mesa um peixe com molho de tomate e batatas ao vapor. Outros vegetais crus foram também ali colocados.

O mordomo nos serviu um vinho branco. Bebericamos, mas encontrava-me pensativo. De repente esta frase escapou-me:

– Como gostaria de ser Sherlock Holmes!

Vi que o valete-mordomo esboçou um leve sorriso, como se dissesse: "Isso é trabalho para profissionais, não para amadores..."

Bem, mas o que me fez assim pensar foi minha total falta de confiança e segurança em mim mesmo. Não poderia, em um piscar de olhos, tornar-me um exímio detetive, afinal meu trabalho era com moedas raras.

– Para se comer um bom peixe – falou o senhor Edward –, é preciso primeiro pescá-lo e depois entregar nas mãos dos que sabem prepará-lo.

– Sem dúvida, e o senhor está de parabéns, pois sua cozinheira não perde para as cozinheiras francesas.

– Ela não é francesa, mas é italiana. É a filha da que minha mãe trouxe de Milão há muitos anos.

O senhor Edward baixou a voz e disse que tudo já estava preparado para iniciarmos o trabalho, e que ele possuía disfarces guardados: um bigode, um cavanhaque, uma barba longa, óculos de grau, óculos escuros; coisas que modificariam as feições.

Tudo isso se encontrava muito bem escondido em um armário no porão.

– Poderá usar também calças largas xadrez, o que lhe dará um aspecto de ator de teatro. O importante é não ser reconhecido, é passar despercebido. Avisei meu "valete" para mostrar-lhe o local onde poderá alterar seu visual e vestir-se. Também contratei um senhor aposentado da Scotland Yard para ajudar-nos.

– Que ele fará?

– Ficará quase em frente ao local, tocando uma caixa de música, tipo realejo, e observando tudo o que se passa ao redor. Ganhará dinheiro meu e também de pessoas que queiram pedir uma música com um conselho. Conselho este dado por uns papeluchos com dizeres.

— É então um realejo?

— Uma espécie de realejo, é uma caixa com música, tem uma manivela para acioná-la.

— Qual será a função desse aposentado?

— Observação e também registro fotográfico, pois receberá uma carteira de cigarros que, quando o isqueiro acender, dispara o "flash" e, quando se apagar, a foto foi tirada. Ninguém desconfiará de um senhor com uma caixa de música.

— Onde realmente o senhor pretende instalá-lo?

— Pedirei que coloque seus apetrechos ao lado da residência, do outro lado da rua. Ficará em frente à praça.

— O senhor pensa que é seguro? O alemão não irá desconfiar?

— É possível que estranhe, mas essas pessoas, depois da Grande Guerra, proliferaram-se em Londres. Colocam-se sempre em locais perto de praças. É a forma que encontram para ganhar um dinheiro a mais e aumentar suas parcas aposentadorias. Afinal, quem não gosta de música?

— Penso que o senhor planejou tudo muito bem.

— Se concorda, está combinado, Fred. Através dessas fotos poderá conhecer o dono da casa, o alemão, antes de contatá-lo diretamente.

— Amanhã vou perambular por Londres e passar pela moradia do nosso alvo e depois irei visitar o Museu de Cera de Madame Tussauds.

— Bem pensado. Você é jovem e deve divertir-se. Além do mais, as inglesas são bonitas ou poderá encontrar alguma estrangeira. Quem sabe?

— Quem saberá? — repeti a frase e com isso rimos o riso dos cúmplices. — Já estava eu planejando "ir à caça" de uma atraente mulher.

O senhor Edward concordou com um gesto de cabeça.

– O jantar estava excelente.

Pedi ao mordomo que agradecesse à cozinheira em meu nome. O mordomo, que era um homem muito alto e magro, disse-me que transmitiria os cumprimentos para a senhora Pucci. Agradeci também ao dono da casa pela noite agradável que havia passado. Em seguida, convidou-me para irmos até à biblioteca e tomarmos um licor. Olhando pela janela, mudou de ideia e disse que iríamos tomar o licor no jardim.

– Vou confessar-te algo, Fred, gosto muito de ir ao continente, mas nada se compara ao meu jardim. Sinto-me feliz entre estas plantas, árvores e este cheiro de rosas. As rosas possuem o dom de acalmar os nervos.

– Não pensei que o senhor pudesse ficar nervoso, senhor Edward.

– Não te iluda, Fred, sou humano e portanto...

Envergonhei-me de ter pronunciado tal malfadada frase e pedi desculpas dizendo:

– Sou um bobo, é claro que o senhor tem todo o direito de ficar nervoso, perdeu duas pessoas tão íntimas e queridas e agora Magda...

– Talvez nervoso não seja a palavra certa, mas um pouco deprimido e receoso...

– O senhor possui razões de sobra para inquietar-se – completei.

– A verdade, Fred, é que tudo passa: o bom e o que é mau ou ruim.

– Sábias palavras – afirmei.

– Vamos para o jardim? – convidou-me.

Depois disso, pediu ao mordomo para levar até lá dois licores e o vinho do Porto com dois cálices. Nós aguardaremos no jardim.

Saímos da mansão e fomos para um banco que, embora de ferro, era confortável. O senhor Edward apontou o quarto de Magda. Com isso soube que dormiam em locais separados.

Primeiro deduzi que o casamento não mais existia, mas depois lembrei que os ricos possuem hábitos, maneiras de viver, diferentes da maioria.

Concluí também que estavam certos ao assim agirem, pois, quando não somos mais jovens, sofremos alterações em nossos corpos, roncamos, por exemplo, algo que incomodaria o cônjuge.

Além disso, os casais possuem costumes diferentes, alguns gostam de ler na cama até altas horas, impedindo o outro de dormir devido à luz acesa. Quando adoecem, não precisam ser incomodados com tosse, espirros ou delírios quando estão com febre. Outro motivo é que a riqueza vinha sempre acompanhada de enormes mansões com muitos quartos, o que facilitaria dormirem separados.

Estava assim pensando quando o mordomo apareceu com uma enorme bandeja, dois cálices e três licores, incluindo o vinho do Porto. Colocou a bandeja em uma mesinha de ferro e mármore e nos serviu.

Nesse meio-tempo, uma ideia me assaltou: estaria Magda nos seus aposentos com a horrenda dor de cabeça? Não seria a dor apenas um pretexto para fingir que permaneceria no quarto e assim sair sorrateiramente para se encontrar com o alemão?

– Está muito pensativo, Fred, por quê? – interpelou-me.

– Estou é preocupado, pois tenho muito o que fazer e sei tão pouco sobre como executá-lo.

– Sem dúvida, sem dúvida, mas uma caminhada começa com o primeiro passo.

– Sábias palavras – afirmei.

Apanhei meu cálice e brindei dizendo que havia gostado muito de tê-lo reencontrado, pois fazia algum tempo que, apesar de meu sucesso com as vendas e as viagens, sentia-me solitário.

– Ah! É verdade que podemos nos sentir assim, algumas vezes. Quando perdi meu filho e pouco depois minha mulher, senti o grande vazio da existência... Comecei a pensar como a vida pode perder o sentido repentinamente... Sabe, Fred, vivo em uma grande ilha, mas não devo deixar que me sinta isolado dentro do oceano que é a vida. Não podemos viver em um deserto... Queres um conselho?

– Sem dúvida – afirmei.

– És muito jovem e precisas amar alguém. Sinto-o em uma busca só material, uma procura por moedas raras e, olhe, não o estou criticando, pois o admiro muito. És jovem, boa aparência, possui agradáveis maneiras, inteligência, és trabalhador e honrado. Tudo correto, mas e o seu coração? Parece que está vazio. Precisas encontrar alguém, mas não uma garota qualquer, só para passar algumas horas, mas alguém em que possas confiar, fazer confissões, uma pessoa que possa ser tua amiga, companheira e por quem tenhas um verdadeiro apelo sexual. Não sei se me fiz entender? – perguntou.

– Sim, senhor Edward, compreendo perfeitamente, mas, na verdade, conheci alguém que me tocou profundamente, mas ela mora em Berlim.

– Ah! – exclamou o inglês. – Parece que agora estamos chegando a algum lugar. Encontraste com ela quando lá estiveste?

– Sim, encontrei-a, pois vendi ao seu pai duas moedas. Ele é um senhor viúvo e Helga é sua única filha.

– E então?
– Não sei por que ainda não consegui declarar-me ou pedir que seja minha namorada. Como tenho negócios com o pai dela, sinto-me inibido.
– É natural sentirmos um certo receio quando gostamos muito. Como conheces o pai, podes recear que ele não te julgue à altura dela, o que penso ser impossível...
– O meu amor é um amor platônico.
– Mas e ela? Ela corresponde ao seu amor?
– Ah! Sim, trocamos muitos olhares e seus olhares me aprovam e são também muito ternos. Além disso, Helga é uma jovem determinada, é uma excelente dona de casa e cuida de seu pai, é dedicada a ele.
– Sabe, Fred, quando conheci minha primeira mulher, foi amor à primeira vista. Quando a vi na casa de amigos comuns, senti-me irresistivelmente atraído por ela. Às vezes, fico pensando, como podemos amar alguém que estamos vendo pela primeira vez? É um grande mistério. Teríamos nós uma imagem impressa na mente, resultado das mulheres que conhecemos desde a infância e das quais gostávamos? Quem sabe algo de nossa mãe, tia ou prima que admiramos? Não cheguei a nenhuma conclusão. Na época um "frisson" apoderou-se de mim e creio que também dela. Foi uma atração mútua. Fomos felizes. Tive pais amorosos e sensatos. Creio que o que nos atrai em uma mulher é aquele não sei quê, mas o que a mantém é sua atitude amorosa, fiel, compreensiva e bondosa. Alguém já disse: "A beleza atrai, o espírito diverte, o coração prende".

"Louise sempre me dizia que nunca havia encontrado um homem tão inteligente, amoroso e equilibrado como eu. Entretanto, tenho a dizer-te que ela era muito jovem ainda nessa época. Sinceramente, sempre me senti com sensibilidade para compreendê-la. A verdade era que estava sempre muito atento a ela. Ninguém conquista uma mulher com autoritarismo, ciúmes exagerado, desequilíbrio e inconstância afetiva. Quem vai querer alguém que não sabe o que quer?"

– Pode ser que até conquiste, mas será uma moça atrapalhada, isto é, tem uma imagem distorcida do que é o amor, do que é uma boa relação.

– Fico impressionado com você, Fred. Se fosse meu filho, não seria tão parecido comigo, não teria talvez tanto minha maneira de ser e pensar. Louise, minha primeira mulher, era atenta e cuidadosa. Conhecia-me como ninguém me conheceu. Quando me via pensativo, vinha sempre com sua amorosa frase: "Querido, o que o está preocupando?"

"Sempre houve reciprocidade amorosa entre nós. Éramos cúmplices, era uma intimidade velada, feita de sutis sinais de entendimento.

"Sempre falei com ela sobre negócios. Não que fosse fazer tudo o que me dizia, mas era importante sua opinião. As mulheres, Fred, possuem o dito 'sexto sentido' e veem coisas que não imaginamos."

– Concordo com o senhor que é fundamental compartilharmos nosso dia a dia com a companheira, nossa esposa. Estou encantado com sua sábia maneira de viver. Gostaria de comportar-me como o senhor, sinceramente. Gostaria de ter essa sabedoria na minha vida e no relacionamento.

– O importante, Fred, é vermos sempre os dois lados da mesma moeda; o lado bom e o ruim. Vejo que hoje os jovens vão para o casamento sem nenhum preparo. Na minha época, meu pai me orientava com as mulheres. Dizia-me como era correto agir. Quem vai para o casamento despreparado, torna-se infeliz. Há casais que se desentendem por qualquer motivo fútil. O amor exige delicadeza e humor. É necessário também um pouco de poesia; uma visão romântica também. No amor precisamos ser fortes, mas também humildes; a arrogância é inimiga do amor. Se queres ser feliz, Fred, é preciso preparar-te.

– Vejo, senhor Edward, que requer um longo aprendizado.

– Correto, é um aprendizado para toda a vida. Mas eu pergunto: o que queremos fazer muito bem é ou não um longo e persistente aprendizado? Não nascemos com um manual que nos ensine a viver. Aprendemos na base do ensaio e erro, o que dá certo e o que não dá. Tive meus pais como modelo. Muitos não têm em seus pais bons modelos.

"Isso pode ser o maior problema. Nem sempre gostamos do modo que nossos pais agiram conosco. Nós os criticamos. São responsáveis, mas carecem de outras qualidades que possam ajudar nossas boas emoções. Venho de uma família grande, onde, de certa forma, é cada um por si. Quem nos orientava eram nossos irmãos mais velhos, que nem sempre sabiam, pois eram inexperientes e competitivos.

"Muitas vezes, os filhos têm muitos ressentimentos, devido às injustiças, falta de compreensão, carinho, entre outras coisas. Isso poderá ser um problema para o resto das suas vidas. Sempre disse: 'Dai a cada um o que lhe é devido'. A justiça começa em casa, depois se expande a outros. Mas tive um único filho, não nove. Não sei com nove filhos como teria sido..."

– Tenha a certeza de que não esquecerei seus sábios conselhos. Assim, estarei preparando-me para ter um bom casamento e ser feliz.

Nesse instante, o enorme e sonoro relógio "grandfather clock" anunciou a hora. Suas badaladas eram música para os ouvidos. Já passava das onze horas da noite e estava na hora de irmos para a cama.

– Não esqueça, Frederico, fale amanhã com meu "valete" para modificar tua aparência. É preciso não ser reconhecido, a ideia é essa.

– Tranquilize-se, senhor Edward, pois assim o farei.

Depois disso, levantamos e deixamos o jardim. Fomos para nossos aposentos.

Subi as escadas, percorri o longo corredor, mas não abri o quarto em seguida. Desejava ver onde eram os aposentos do inglês. Vi que permaneceu no térreo. Para ele era conveniente, afinal não precisaria subir aquela longa escada várias vezes por dia. A esposa dormia no primeiro andar, era adequado para ambos.

Abri o quarto e entrei. Ao ver a enorme e convidativa cama, despi-me, coloquei o pijama e enfiei-me entre os lençóis. Apaguei a luz e adormeci.

13

Os pássaros, habitantes do jardim, haviam iniciado sua serenata matinal quando acordei. Olhei o relógio, eram oito horas. Fui até o banheiro, depois esperei deitado mais uma meia hora. Em seguida, desci e na sala encontrei o dono da casa.

Sozinho com uma enorme xícara de louça inglesa com uma pintura de um menino pescando, ele bebericava o café, talvez fosse chá. Dei-lhe um bom-dia que foi respondido de maneira afetuosa.

Magda ainda não descera, talvez dormisse até às dez horas. Tomei um chá com leite, comi um pedaço de pão com manteiga e deixei o senhor Edward lendo o jornal.

O valete dirigiu-se para mim e me disse que precisava mostrar-me algo. Saímos da sala, descemos uma pequena escada e entramos em um porão. Ali não havia muita luminosidade, e três grandes armários ocupavam o espaço. Separados em cima de uma mesa encontravam-se um cavanhaque, um bigode, um chapéu e óculos, além de um cachimbo. Com aqueles apetrechos sentia-me bem munido para enfrentar o possível inimigo. Colocamos o bigode e o cavanhaque com uma cola especial. Depois disso, pus os óculos e o chapéu. O valete olhou-me e sorriu.

— Ficou irreconhecível— falou. — Para dizer a verdade, o senhor parece Sherlock Holmes.

— O senhor o conheceu? — perguntei gaiatamente.

— É claro que não, afinal ele é só um personagem, criação de Sir Arthur Conan Doyle.

— Estava brincando, por favor, perdoe-me.

Depois disso, pensei haver bancado o idiota. Só porque sempre fora um criado, deveria ignorar quem era Sherlock Holmes? Achei-me preconceituoso e senti vergonha de mim mesmo. Eram exatamente essas atitudes que deveria evitar se desejasse ser um homem honrado.

Depois de preparar-me, saí da moradia por um portão lateral bastante escondido entre as ramagens. Quando me encontrei fora da mansão, andei bastante, tomei um metrô para ir até o museu de cera. Descobri que estava fechado. Havia um horário mais tarde. Procurei um bar para tomar um café e esperar um pouco. Quando abriu, para lá me dirigi e observei as maravilhas que ali estavam: a Rainha Vitória, perfeita em suas vestes imperiais, o famoso Genghis Khan e outros personagens.

Quando saí, pensei em voltar à cafeteria e comer um sanduíche, pois a caminhada me deu fome. Tomei também um chá para entrar nos costumes ingleses. Qual não foi minha surpresa ao sair: deparei-me com Helga, minha querida e amada Helga. No primeiro momento, vacilei, pois não sabia se seria ou não ela. Depois me lembrei que não me havia reconhecido com os disfarces. Quando a chamei pelo nome, sobressaltou-se, olhando-me um pouco assustada. Afinal, não estava acostumada a ser abordada por estranhos na rua. Disse-lhe, então, que não se preocupasse.

– Sou Frederico, mas estou com o visual diferente. Olhou-me, então, mais atentamente e começou a rir.
– Por que estás assim disfarçado? – perguntou.
– Vamos tomar um chá naquela casa que está aqui perto e lhe contarei.

Caminhamos uma quadra e encontramos uma confeitaria, um local requintado. Sabia que isso lhe agradaria. Sentamo-nos e, quando veio a moça que atendia, pediu um chá e também a acompanhei. Esclareci que ajudava um grande amigo com problemas...
– Como detetive? – perguntou.
– Exato, como detetive. Nunca me imaginei um deles.
– Nem eu – disse sorrindo. – A verdade é que está muito bem dissimulado, jamais descobriria quem você era.

Helga examinava meu rosto e me perguntava por que havia eu saído de Berlim para Londres como detetive e, afinal, quem era o meu amigo.

Disse-lhe então que era uma longa estória e que um dia lhe contaria... Como era inteligente e discreta, evitou mais perguntas. Comecei então a interrogá-la.
– Surpreendeu-me muito vê-la em Londres nesta época.
– Frederico, posso continuar chamando-o assim?
– Não, chame-me pelo nome de senhor Szabó.
– De onde tiraste esse sobrenome?
– Sei que ignoras, mas é o meu sobrenome; poucos, entretanto, sabem disso.
– Claro, assim não serás identificado.
– Exatamente – afirmei. – Não me explicaste ainda por que estás em Londres.
– Vou contar. Meu pai possui muitos amigos não só na aristocracia como também pessoas muito ricas na Alemanha.

117

Estava, ou melhor, andava muito preocupado com a precipitação dos graves problemas em Berlim. Resolveu que eu deveria de lá sair, antes que fosse tarde demais. "Vem coisa pior por aí", sempre me dizia.

– Mas a situação piorou tanto assim?

– Nem podes imaginar o quanto. Só para que entendas, papai recebeu um telefonema pedindo que comparecesse urgentemente a uma delegacia. Resolveu não ir, pois sabia como agem esses camisas-pardas do sistema nazista. Telefonaram para ele no outro dia novamente, dizendo que sabiam que possuía uma valiosa coleção de moedas e também selos raros, e o ameaçaram. Conheces papai, não é homem de intimidar-se facilmente. Dois dias depois, porém, foi fazer umas compras e estava demorando para voltar. Dei alguns telefonemas e descobri que estava em um hospital. Corri para lá. Quando o vi, fiquei horrorizada, seu rosto havia recebido tantos bofetões que estava quase irreconhecível. Já estava consciente o bastante para me aconselhar que retirasse do cofre as moedas e os selos mais valiosos. Depois, me dirigisse ao senhor Schmidt, um velho e fiel amigo seu. Este iria tirar-me de Berlim e fazer o que precisasse para que eu chegasse a Londres sã e salva. Tudo já estava combinado, pois papai orientara-o, quando o visitara no hospital. Instruiu-me para que eu desse um dos seus valiosos selos para o Schmidt. Com essas orientações fui até o cofre e com uma cinta colocada na cintura, embaixo da minha blusa, acomodei algumas moedas e selos. Avisei à nossa governanta que viajaria para o interior e que ela cuidasse bem de papai. Gertrud concordou e ficou lacrimejando. Coitada! Está conosco faz tanto tempo, que já pertence à família... senhor Szabó.

Sorri quando pronunciou meu sobrenome, pois nela havia uma forma respeitosa.

— Enfim — concluiu —, fiz o que papai pediu e aqui estou. O senhor Schmidt negou-se a ficar com os selos, pois disse que eu poderia ter que usá-los como mercadoria de "troca". Saí de Berlim com um falso passaporte. Faz um mês que aqui estou. Tenho um primo em Londres e ele me esperava. Possui uma bela residência.

— Tens parentes ingleses, então?

— Não, esse primo é alemão, faz muito tempo que veio para a Inglaterra.

— Então estás hospedada na casa dele?

— Sim, estou bem, pois é muito mais velho que eu, rico e culto, é um erudito. Nunca se casou. Dedica-se às artes, é um mecenas. Fala muitos idiomas também.

— Que ótimo! É o tipo de pessoa que gostaria de conhecer. Sei que o admiraria.

— Sim, vocês poderiam ser amigos, estou certa disso.

— E onde ele mora? — perguntei.

Quando Helga deu-me o endereço, disse para mim mesmo: "A sorte está do meu lado". Era o local onde estava o alemão que deveria investigar. Depois disso, fiquei pensativo.

Helga, vendo-me taciturno, disse simpaticamente:

— Não temas, senhor Szabó, o Frantz, apesar de ser muito rico e culto, é uma pessoa acessível.

— Estou certo disso — acrescentei —, pois, quanto mais culta é a pessoa, mais simples se tornará. Só os ignorantes são esnobes, pois pensam que os outros só admiram a nobreza e o dinheiro, que o conhecimento e o caráter nada valem.

— O senhor está com toda a razão, senhor Szabó.

— De onde vais dizer que me conheces? — perguntei.

— Direi que o conheci em Berlim e que és um amigo de papai que lhe vendia moedas raras.

– Ótimo! – respondi. – Não mencione o fato de eu trabalhar como detetive. Quero evitar especulações. Não sei se me entendes?

– Não se preocupe com isso. Nada direi.

Na casa de chá permanecemos um bom par de horas. Depois nos despedimos e, antes de sair, pedi a Helga o seu telefone. Anotei.

Feliz com aquele encontro, voltei para casa e, ao chegar, usei a mesma cerca para nela entrar.

Fui até o porão e retirei os disfarces. Quando cheguei à sala, perguntei ao mordomo pelo senhor Edward, ele apontou-me a biblioteca. Para lá me dirigi. Ficou contente ao me ver e disse, deixando o cachimbo na mesinha:

– Eis meu herói!

– Não é para tanto... mas adivinhe, a sorte está do meu lado. O senhor não imagina o que aconteceu?

– Não imagino, mas estás aqui para me contar.

– Encontrei hoje Helga, a minha doce berlinense da qual lhe falei. O melhor de tudo é que ela está em Londres, morando na casa do alemão que desejo investigar.

– Não é possível – disse-me espantado. – Que fizeste então, Frederico? Não contaste sobre nossos planos e por que és detetive.

– Não exatamente – respondi. – Não disse a ela por que estou sendo um detetive.

– Mas Helga perguntou?

– Sim, mas, como falei que não poderia revelar, nada mais quis saber. É muito discreta, senhor Edward, tudo ficou mais fácil agora. Não lhe parece?

– Certamente. Hoje à tarde vou até o senhor do realejo, pois entregar-me-á as fotos. Depois as trarei para nós analisarmos – falou o inglês.

– Não há perigo de sua esposa nos surpreender? – perguntei.

– Não, pois irá para o seu curso de pintura hoje – gesticulava mostrando o endereço que me havia dado; o endereço do alemão.

– Mas, Frederico, tenha cuidado, muito cuidado... Magda entrou na biblioteca e ouviu o final da nossa conversa. Perguntou ao marido com o que Frederico deveria ter cuidado...

– Ah! Fred possui uma fortuna em moedas, é preciso precaver-se – explicou.

– Boa ideia, pois aqui há ladrões como em toda parte. Aconselho a deixar tuas moedas em nosso cofre.

– Obrigado, bem pensado – falei.

Depois almoçamos, Magda almoçou conosco. O senhor Edward foi para a biblioteca tomar seu licor. Magda subiu e em seguida desceu para a aula de pintura. Subi também para meus aposentos. Deitei-me. Acordei com as batidas do mordomo na porta. Fui abri-la e ele avisou que o senhor Edward esperava-me na biblioteca.

Vesti-me e desci. Ao encontrá-lo, vi que tinha um envelope com as fotografias. Apanhei-as uma a uma e fiquei surpreso, pois na quinta deparei-me com o mesmo homem da bengala grossa que vira na gare em Berlim e depois no restaurante em Florença.

Mostrei ao senhor Edward e falei que não havia sido mera coincidência tê-lo visto duas vezes.

– Quem era afinal aquele homem? – perguntei. – Por que se encontrava tão próximo à morada do alemão? Estava com a mesma bengala.

Pensei que era impossível Magda não conhecê-lo... Isso passou a ser para mim um enigma. Que ligação haveria entre eles? Nada pude esclarecer nas outras fotos. Foquei naquele misterioso personagem. Nada revelei ao inglês, mas pedi para levá-las ao quarto, para melhor analisá-las. Uma lupa me foi emprestada.

Ao chegar, fechei a porta e retornei à análise, mas nada descobri. Depois de examiná-las por um longo tempo e ver que sempre estava com aquela grossa bengala... bati com a mão na testa, dizendo para mim mesmo que a bengala era vazada e que ele, dentro, carregava algo. Mas o que seria? Se era um contrabandista, poderia ser muitas coisas... Certamente uma obra de arte enrolada caberia na bengala. Como não havia pensado nisso? O importante agora era estabelecer a ligação entre ele, Magda e o alemão.

A charada estava posta, meu próximo passo seria desvendá-la. Talvez precisasse de Helga para isso. Lembrei que o senhor Edward mostrara-se aborrecido porque sua mulher vivia aprimorando sua pintura. Hoje é uma exímia copiadora. Visitara muitos museus na Itália e na Alemanha, certamente.

Estaria aí a chave do mistério?

Venderiam essas obras copiadas? Teriam "marchands" comprando-as como verdadeiras, para ganhar muito dinheiro? Magda de dinheiro não precisava, mas nunca se sabe...

Quanto mais refletia sobre o assunto, mais intrigado ficava. Resolvi que visitaria Helga na casa do alemão, mas à noite, quando teria certeza de que não encontraria Magda. Ou poderia encontrá-la?

Duvidei que estivesse em seus aposentos à noite, quando estávamos no jardim... Bem poderia estar na casa de seu amante e não com "enxaqueca", como dizia. Depois refutei todas essas ideias, pois não passavam de conjeturas sem nenhuma prova.

14

Quando encontrasse minha amada novamente, iria convidá-la para jantar. Preparava uma "armadilha" para que Helga, sem perceber, me contasse o que sabia. Certamente conhecera Magda, pois costumava frequentar a residência.

Passaram-se dois dias, telefonei e a convidei para jantar.

Na noite marcada, desci, pus meus disfarces e saí pelo portão oculto entre as ramagens. Tomei um táxi e dei o endereço. Ao chegar, paguei e saí. Depois respirei fundo, pois encontrar com Helga era sempre motivo de ansiedade. Além disso, visitá-la com a intenção de espioná-los parecia, ao meu ver, algo imoral. Assim pensando, dei um arquejo.

Ao chegar, observei a mansão e subi os poucos degraus que me separavam da porta de entrada. Apertei a campainha, apareceu um senhor que possivelmente ali trabalhava há muitos anos. Identifiquei-me e disse que já havia telefonado à tarde.

– Desejo falar com a senhorita Helga – comuniquei.

Tive a impressão de que o senhor estava um pouco surdo e repeti o que havia dito. Disse-me, então, que a senhorita Helga havia saído com Rolf para assistirem a uma peça muito em voga de nome *Dangerous Corner*. Agradeci e dali saí intrigado. Por que havia saído com esse tal Rolf se havia combinado comigo jantar? Minha decepção foi imensa e o pior era que ignorava quem era esse homem e que papel representava na vida dela. Seria um outro possível candidato? Ou era apenas um amigo de seu primo? Teria Helga o conhecido de alguma outra estadia?

Depois de assim pensar, não consegui manter-me nas cercanias da moradia e fui para outro lado, jantei em um conhecido restaurante. Comi um talharim com molho de tomate e retornei. Entrei, retirei os disfarces e subi as escadas em silêncio. Ao chegar aos meus aposentos, joguei-me em um sofá e pus as duas mãos ao redor da minha cabeça em sinal de desespero. Encontrava-me profundamente desanimado e deprimido.

Por que saíra sem avisar-me? Depois lembrei que não possuía meu telefone. Havia feito isso de propósito? Era uma senha para me avisar que não estava disponível para um namoro?

A caixa dos medos e inseguranças abriu-se e de lá saíram para amedrontar-me.

Os pensamentos cruzavam-se como raios na minha mente, todos ao mesmo tempo sem que pudesse chegar a uma conclusão.

Levantei estonteado, fui até o armário e de lá retirei um livro de Balzac. O nome era *O pai Goriot*. Obra bem escrita que fisgava logo o leitor. Parei, entretanto, várias vezes a leitura para pensar no que me havia acontecido. Decidi largar o livro e dormir. Amanhã seria outro dia e tudo poderia ser devidamente esclarecido. Desejava muito falar com Helga para iniciar minha investigação. Depois me veio à cabeça que, se ela tivesse mencionado a seu primo sobre meu trabalho de detetive, possivelmente teria ele dito que se afastasse de mim. Se possuía o alemão algo a esconder, teria receio de ser descoberto.

Ao assim pensar, senti-me aliviado, pois nada disso tinha relação com os sentimentos de Helga para comigo. Aborrecido por estar metido naquela situação constrangedora, finalmente adormeci. Acordei com um pouco de dor de cabeça devido talvez à tensão. Deveria esclarecer-lhe de uma vez ou castigá-la por ter-me feito sofrer?

Saí da cama e tomei banho. Depois me vesti e desci. O senhor Edward já me aguardava na mesa para o "breakfast". Fui logo o avisando de que a noite passada havia sido um desastre. Quis saber o motivo, contei-lhe.

Disse que quem não está agindo corretamente sempre teme a aproximação de um desconhecido.

– O senhor pensa, então, que Frantz foi quem a impediu de sair comigo?

– Estou certo disso. Imagina, estão fazendo algo ilegal e Helga conhece alguém em Berlim, que é húngaro e... esse húngaro está com disfarces. Ponha-se no lugar dele e pense no que você faria.

Olhei para o inglês pensativo. Depois apanhei uma torrada, pus um pouco de mel e tomei uma xícara de chá. Perguntei:

– Mas, senhor Edward, e se Helga nada mencionou ao primo e foi ao teatro com esse Rolf, porque o homem lhe agrada?

– Isso nós vamos saber quando a encontrares.

Demorei dois dias para ligar, queria que sentisse o quanto me havia magoado. Quando a chamei, o mesmo mordomo atendeu e me informou que Helga havia saído com seu noivo.

Ao ouvir isso, pensei: "Melhor seria se me tivesse dado uma bofetada". Ao mesmo tempo, deduzi que o senhor que me atendera ao telefone havia antipatizado comigo e queria pregar-me uma peça. Deixei meu telefone, pedindo que o desse a Helga.

Depois voltei rápido para meus aposentos, quase em pânico. Totalmente aturdido, joguei-me na cama. "Que está acontecendo?", perguntei para mim mesmo desesperado. "Em que diabólica trama Frantz e Rolf envolveram minha doce Helga? Quem seria Rolf, afinal?"

Decidi que precisaria agir e ali não poderia permanecer. Desci, pus meus disfarces e fui até o "tocador de realejo". Com suas fotos, descobriria quem era Rolf. Assim fiz. Aquele dia resolvi trocar meu cavanhaque e bigode por uma longa barba branca, não poderia ser identificado por Helga. Coloquei também uma cartola. Era, assim, um outro homem, um personagem de difícil identificação.

Ao chegar, conversei com o senhor e o instrui para que fotografasse todos os que entrassem naquela residência.

Ali permaneci um tempo, observando a mansão, desolado. De repente, vi um casal que atravessava a praça em frente à casa. Reconheci Helga, vinha de braços dados com um homem alto e loiro. Quando se aproximaram, vi que o noivo era o homem da estranha bengala. Ao vê-los juntos, contentes, rindo, meu coração acelerou. Por que ela estaria assim agindo? Já se conheceriam de longo tempo? Estariam correspondendo-se enquanto eu apenas a olhava timidamente?

A verdade é que a havia perdido e a culpa era minha. Ao pensar isso, senti um frio no estômago. Minha ingenuidade trabalhara contra mim. Enquanto me encontrava mergulhado no meu mundo de sonhos, Helga namorava outro homem ou escreviam-se cartas amorosas. Esperei que entrassem, mas despediram-se na porta da casa.

Desejei apertar a campainha e esclarecer tudo, mas, devido ao avançado da hora, desisti. Não queria cometer o erro de aparecer sem me anunciar. Depois disso, despedi-me do senhor Cox. Tomei um táxi e voltei para casa.

Ao chegar, fui ao porão, retirei meus disfarces e, embora fosse tarde, vi luz na biblioteca. Para lá me dirigi. Encontrei o senhor Edward lendo. Pus meu rosto na porta e ao ver-me deixou seu livro de lado e examinou-me por alguns segundos.

– E então, meu amigo, que palidez é essa?

– O senhor não imagina o que aconteceu?

– Estou aqui para ouvir – disse.

– Penso que tudo o que planejamos foi por água abaixo. Além disso, sinto-me arrasado.

– Mas o que houve, Frederico? Para que tanto suspense?

– O senhor lembra-se daquele homem que vimos na gare em Berlim e que se exibia usando uma bengala grossa?

– Sim, lembro-me bem.

– Pois é dele que vou lhe falar. Esse mesmo homem estava no restaurante em Florença, aquele que o senhor disse ser o melhor da cidade. Também o vimos nas fotos. Quando telefonei hoje para falar com Helga, o mordomo disse-me que ela havia saído com o noivo, o senhor Rolf.

– Que fizeste, então?

– Primeiro fui para o quarto e lá permaneci por algum tempo chocado. Depois desci, pus meus disfarces, uma longa barba branca e uma cartola, e fui falar com o senhor Cox. Lá permaneci algum tempo. Em um determinado momento, vi Helga de braços dados com um homem e identifiquei ser o mesmo da gare em Berlim.

– Quer dizer que Rolf é o mesmo homem da gare e do restaurante?

– E também da foto nas cercanias da residência do alemão. Minha pergunta é: por que ela está noiva dele? Seria uma trama de Rolf e Frantz porque são cúmplices em alguma coisa?

– Não resta a menor dúvida, esse arranjo veio daí e digo mais: esse noivado deve estar vinculado com o fato de tirar o senhor Schultz de Berlim. Que melhor desculpa haveria, como o casamento de sua única filha?

– O senhor deve estar com a razão. Como me encontro atormentado, não consigo refletir. Meu coração chora silenciosamente.

– Sinto muito – disse o senhor Edward, colocando sua enorme mão no meu ombro. – Você sabe, agora que Hitler tem o poder total, tudo poderá acontecer. O Kaiser morreu, os nazistas estão de "donos" do poder. Se está noiva deste tal de Rolf, é certo que pensa em salvar seu pai. Não esqueça que ela contou que o senhor Schultz já havia recebido uma surra dos nazistas.

– Nesse caso, Helga é digna de nossa total admiração – disse-lhe.

– Sem dúvida, sem dúvida – repetia. – Infelizmente nada podemos saber através de Magda, que certamente deve estar ciente.

– Mesmo que sua esposa saiba de algo, nada nos dirá, pois não pode revelar que frequenta aquela casa duas ou mais vezes por semana. O pior é que ignoro como vou fazer para saber o que se passa naquela mansão. Pode ser que ainda possa falar com Helga a sós e então procurarei sondá-la.

– Pelo que me conste, Fred, não houve entre vocês um "love affair"; vocês são, acima de tudo, bons amigos.

– É verdade – respondi.

— Deves encontrar-te com ela, com a desculpa de festejarem o noivado.
— O senhor pensa que ela sairá comigo?
— Não esqueça, Fred, Helga é alemã, não inglesa. As alemãs não ligam muito para etiquetas e convenções.
— Estará preparando-se para o casamento? – disse isso e senti uma fisgada no coração.
— Ao meu ver, esse casamento é mera formalidade. Não creio que ela ame esse tal Rolf.
— Eu não teria tanta certeza... – disse, sentindo-me humilhado.
— Fred, isso é um arranjo, nada sério.
— Pobre Helga – suspirei –, nunca pensei que teria que passar por isso. O pior é que, sendo húngaro, não estou em condições de ajudá-la a retirar seu pai da Alemanha. Não sou alemão nem inglês. Paciência, pouco posso fazer...

Quando triste assim me expressei, o senhor Edward encorajou-me:
— Não se sinta derrotado – censurou-me. – Estás perdendo apenas uma batalha, não a guerra... Ainda tens muito pela frente.
— O senhor, que é um sábio – disse-lhe desanimado –, deve ver algo que não consigo, não só pela minha inexperiência mas também pelo meu tormento.
— Não se entristeça, vou orientar-te. Marque um encontro com ela e vejo o que posso fazer para evitar que Helga case-se com esse palhaço. A não ser, é claro, que ela vá se casar porque nele está encantada.

A essas palavras reagi fortemente:
— Encantada? Naquele bichinho da goiaba, pálido e mal-ajambrado? Ora, por favor...

Arranquei essa indignação do fundo do meu ser.

— Veja bem, Fred, isso não é nenhuma provocação, mas já dizia o velho Pascal: "O coração tem razões que a própria razão desconhece".

— Tenho certeza de que Helga não ama aquele inglês ou alemão, seja lá quem for.

O senhor Edward riu e disse:

— Isso foi apenas uma provocação, mas tive uma ideia, podemos tirar o pai dela da Alemanha, sem que precise sacrificar-se casando com esse "bichinho da goiaba pálido".

Quando ouvi minhas palavras repetidas pelo inglês, não sei por que senti vontade de rir. Era certamente meu nervosismo que me levara a assim agir.

— Tente encontrar com Helga, descubra tudo o que puder sobre ela e também sobre Magda e organizaremos um plano. Não esqueças que és "meu filho ressuscitado" e tudo farei para te ajudar.

Essas palavras, no momento em que eu mais precisava de sua solidariedade, sensibilizaram-me. Senti um nó na garganta e lágrimas vieram-me aos olhos.

— Não te deprimas — disse. — A guerra recém começou. Nem entraste em campo ainda.

Ouvindo essas palavras, abracei-o, como um bom filho abraça seu pai. Pude ver que o senhor Edward também estava comovido.

— Mãos à obra, meu rapaz! Não podemos perder tempo. É preciso frieza e coragem em uma hora dessas.

— Coragem possuo, mas frieza... é difícil nesse momento... Sou emotivo, romântico. Vou telefonar amanhã pela manhã para Helga.

15

Depois de todas as conversas que tive com o senhor Edward, criei esperanças. Parecia sempre tão seguro, tão correto, tão sólido em suas conclusões. Era uma dádiva tê-lo como amigo. Sua solidariedade confortava meu coração ferido. Desejei-lhe boa noite e saí da biblioteca.

Subi as escadas vagarosamente, percorri o longo corredor, abri a pesada porta e entrei. Sentei-me na enorme poltrona do quarto ali fiquei. Depois, ajoelhei-me e pedi a Deus que me protegesse e escolhesse as palavras que deveria dizer; as palavras certas. Rezei um pai-nosso. Senti-me confortado e dormi tranquilo.

Ao acordar na manhã seguinte, meu primeiro pensamento foi telefonar para minha amada. Mas deveria primeiro tomar meu "breakfast" e esperar até às dez horas. Tomei banho, barbeei-me e desci logo depois de vestir-me. Encontrei o senhor Edward na mesa com um jornal à sua frente. Dei-lhe um bom-dia e ele respondeu:

– Não sei se é um bom dia, pois estou vendo pelo jornal que daqui para frente teremos problemas. Nós, os ingleses, estamos nos preparando para o pior.

"Há movimento na Marinha, na Aviação; a guerra está nas nossas "barbas". Lembra-se do que previ em Florença?

Também, com esse ditador na Alemanha, o que podemos esperar? O mais preocupante é que os jornais noticiam que os alemães nunca estiveram tão armados, tão preparados para enfrentar o inimigo. Essa guerra é consequência do excesso de indenizações que os vencedores da Grande Guerra, em 1914, cobraram dos perdedores: Itália e Alemanha.

"E aí, Fred, o que planejaste?"

– Às dez horas telefonarei a Helga convidando-a para jantar comigo, o motivo será comemorar seu noivado.

Ao dizer isso, sentei-me e fui servindo-me de chá e leite. Apanhei também uma torrada e nela pus manteiga.

– Ótimo – falou. – Vamos à luta!

Enquanto comia, em silêncio, pensei em um plano de ataque. Coloquei geleia de amoras em uma torrada e deliciei-me com o sabor que senti. Vi o senhor Edward com uma expressão pesada, fruto do que estava lendo.

Ao terminar o desjejum, pedi licença e fui para meus aposentos, pensando como o senhor Edward era solitário. Magda nunca ou raramente tomava com ele o "breakfast". Entendi por que eles estavam sempre viajando. Nas viagens, era obrigada a dormir na mesma cama, e juntos tomarem o desjejum.

Depois, lembrei que havia mencionado o sobrenome do pai de Helga. Como sabia que era Schultz? Não havia dito o sobrenome de Helga ou de seu pai. Possivelmente o mencionara, senão como poderia ele saber?

Esperei às dez horas com ansiedade. Quando telefonei, o mordomo pediu-me que aguardasse. Esses foram os mais longos minutos da minha vida. Em seguida, uma voz simpática e delicada falou:

– Frederico, que prazer sinto em ouvir tua voz.

Com tão calorosa recepção, meu coração saltou dentro do peito.

– Helga – disse-lhe –, o prazer é todo meu. Vejo que estás feliz. Soube que noivaste. Podemos sair para comemorar o teu noivado?

– Claro, podemos sair, mas não para comemorar o meu noivado...

– Mas, por quê? – perguntei surpreso e contente com isso.

Helga do outro lado expressou-se de uma maneira irônica.

– Sabe como é... depois conto a você.
– Vamos jantar hoje? – perguntei.
– Sim, se assim desejares – respondeu.
– Perfeito, passarei para te apanhar às vinte e trinta.
– Está combinado – falou.

Quando desliguei o telefone, senti uma grande euforia. Então o senhor Edward tinha razão, o noivado nada significava para ela? Estava aí minha grande chance e não poderia perdê-la.

Desci e fui até a biblioteca relatar ao senhor Edward o telefonema.

– Ótimo – disse. – Creio que acertei quando previ que ela estava se casando com Rolf por necessidade, não por amor. Agora, Fred, escuta bem, vais dizer a Helga que tens um grande amigo, que sou eu, que está vinculado ao Serviço Diplomático Inglês e por isso pode ajudá-la a tirar seu pai de Berlim.

– Certamente direi.

Estava tão feliz que mal cabia em mim de contente.

Depois dessa conversa, retornei ao quarto e, ao me observar no espelho do guarda-roupa, perguntei a mim mesmo se seria capaz de seduzi-la e convencê-la a casar-se comigo. Que sentiria Helga por mim? Nunca fiquei sabendo de fato. Meu amor não passava de sonhos, desejos criados pela minha imaginação. Isso me aterrorizava. Depois, disse para mim mesmo: "És um homem ou um rato? É hora de enfrentar o inimigo. Pegue as armas e vá à luta".

As armas seriam minhas palavras, deveria convencer minha amada a deixar aquele homem pálido e se casar comigo. Permaneci algum tempo ainda me olhando no espelho e observando-me. Procurei ensaiar o que diria, cheguei a criar um diálogo. Depois disso, desci pensando em tomar um cálice de vinho do Porto, para me acalmar.

O senhor Edward, entre um cálice de vinho e outro, falou que, se eu desejasse pedi-la em casamento, precisaria de um anel.

– É verdade, onde posso comprá-lo?

– Tenho uma ideia melhor. Guardei um "belo anel", um "chuveiro", pretendia dá-lo a Magda, mas é melhor entregá-lo a você. Compro outro em outra ocasião.

Agradeci antecipadamente e ele desapareceu. Veio minutos mais tarde com uma caixinha. Entregou-me. Ao abri-la fiquei maravilhado, era bonito e de muito bom gosto. Entusiasmado, agradeci novamente e subi colocando-o na pasta.

Deitei-me um pouco e acabei por dormir, pois a ansiedade queimava minhas energias. Pouco depois, desci, fui até o porão e me disfarcei. Saí e tomei um táxi. Nesse meio-tempo veio-me à mente que o homem que se casava entrava para o rol dos homens sérios. Eram os que sustentavam uma família, tinham mulher e filhos. Estava eu a um passo para ingressar nesse clube.

Desci do carro duas quadras antes, pensava em caminhar um pouco. Uma caminhada era essencial para acalmar os nervos. Deixei para o taxista uma boa gorjeta, pois esses senhores precisavam completar suas parcas aposentadorias. Assim pensando, cheguei à residência. Subi a pequena escada e apertei a campainha. O mesmo mordomo atendeu-me e disse que eu entrasse. Quando se afastou, dei um arquejo. Depois procurei distrair-me e observei um enorme quadro que se encontrava à minha frente. Era um Turner. Embarcações e uma intensa neblina cercavam a paisagem. Senti-me envolto naquelas brumas, minha vida estava nebulosa como aquela pintura.

Achava-me tão absorvido que não percebi a chegada de Helga.

– Boa noite – disse. – É admirável esse Turner, não te parece?

– Sem dúvida – completei. – Mas quem se importa com uma obra destas quando tem outra mais bela ao seu lado?

Helga não esperava o elogio e ruborizou-se. Era tímida. Perguntei-lhe se estava pronta e a convidei a sair.

Saímos da mansão. Estava elegante em um vestido azulclaro. Nada dissemos um ao outro, mas às vezes nossos olhares encontravam-se e sorríamos.

Ao ver um táxi, fiz sinal e nele entramos. Dei ao motorista o endereço de um restaurante chinês que se localizava longe de onde estávamos. Em um determinado momento, Helga ajeitou uma mecha de seu cabelo e vi que não estava com a aliança e também não possuía nenhum anel.

– Quando os ingleses contratam casamento não dão para a noiva um anel? – perguntei

– Ah! Sim, dão, é verdade...

– E o seu onde está?

— Guardei-o na gaveta do meu quarto – falou.
— Mas por quê? – estava curioso.
Nosso táxi chegou ao restaurante. Paguei e Helga apoiou-se no meu braço para sair. Entramos no restaurante. Escolhemos uma mesa e nos sentamos. Quando o garçom apareceu, pedi que nos trouxesse uma garrafa de champanha.
— Mas – disse-lhe, continuando o assunto interrompido no táxi – por que o deixaste em uma gaveta e não no dedo?
— Frederico, não devo mentir para um Sherlock Holmes, ou devo?
Aquela resposta arrancou-me uma gargalhada. Era, além de bonita, espirituosa... Não perdendo a oportunidade, perguntei de supetão:
— Queres casar comigo, Helga?
— Claro que quero, Frederico.
— Helga, querida – disse-lhe, beijando uma de suas mãos –, sabe, estou na residência do senhor Edward Mac-Grey, um inglês. Como ele está vinculado ao Foreign Office, poderá...
— Eu sei – falou com ternura.
— Sabes como? – perguntei.
— A esposa dele pinta, faz quadros com o Frantz e entrega ao Rolf para que os venda. Eles trocam os originais pelos falsos e assim salvam as grandes obras encontradas nos museus. Os nazistas são perigosos, tememos que eles as destruam por as considerarem "degeneradas".
— Magda corre perigo? – perguntei.
— Acredito que não, pois ninguém sabe que ela é a autora. Fazem total sigilo sobre isso.

Depois dessa conversa, retirei o anel que havia guardado na pasta e, segurando a mão de Helga, coloquei-o no seu dedo. Nunca a vi tão feliz. Disse-me depois:
– Quem mais gostará do meu noivado será o senhor Hans Schultz. Sempre me dizia que um homem ficaria feliz tendo um genro como você.

Com aquelas palavras, senti-me dono da situação. O rei da noite.

Olhamos o menu e optamos por uma mistura de camarões com arroz. A champanha já havia chegado e assim brindamos nosso noivado.

– À nossa felicidade, até as bodas de ouro – expressei.

– À nossa felicidade – disse Helga.

Entre os pratos chineses, o molho vermelho e a champanha, perguntei sobre Magda:

– A esposa do senhor Edward é sua amiga?

– Na verdade, hoje podemos dizer que somos amigas. Ela frequenta muito a casa de Frantz.

– Tem ela com ele algum "love affair"?

Riu, dizendo:

– De modo algum. Meu primo é um homem celibatário e traumatizado. Amou muito uma moça alemã que era sua noiva e infelizmente, antes de casarem-se, ela morreu em um acidente. Ele nunca mais quis saber de nenhuma mulher. Nem mesmo conseguiu continuar em Berlim, onde a perdera. Ao vir para Londres, para preencher o grande vazio, dedicou-se às artes. Elas o salvaram da dor, mas não do trauma da perda.

– Pode-se dizer que os alemães são de fato românticos. Quando amam alguém, este nunca mais sai do seu coração. São personagens de Goethe.

— Tens razão, toda a razão — concordou contente. Sentia-me o mais feliz dos homens. Helga era minha noiva, Magda não tinha um amante e a champanha borbulhava nas taças. Quando terminamos o jantar, paguei e nos retiramos. Desejei saber o que Rolf pensaria se ela desistisse de casar-se com ele.

— Não se preocupe com isso, Fred, ou senhor Szabó.

— Podes chamar-me de Fred — disse-lhe rindo —, afinal ninguém nos ouviu...

— Você sabia que Rolf já foi três vezes noivo? A verdade é que é impulsivo, logo se compromete e depois se arrepende ou não dá certo, não sei bem...

Momentaneamente fiquei com ciúmes dela, mas, lembrando-me das sábias palavras do inglês, falei:

— Você já teve sua vida, agora teremos a nossa.

— É por isso que o amo tanto, sempre escolhes o que é sensato para dizer ou fazer. Tens sabedoria — concluiu.

Ouvindo isso, como já estávamos fora do restaurante, dei-lhe um beijo tão apaixonado que deixei Helga estonteada.

Depois vi um táxi, chamei-o e nele entramos inebriados e silenciosos. O carro percorreu as ruas de Londres calmamente. Observando as estrelas, exclamei:

— Que caiam estrelas sobre o nosso amor. Veja, querida, uma clara lua nos sorri.

— És um poeta, querido...

— Possivelmente me tornei um poeta esta noite.

Olhamo-nos e rimos.

Chegamos à residência do alemão e pedi para o táxi aguardar um instante. Acompanhei Helga até a porta, dei-lhe um beijo de boa noite e ela entrou. Voltei ao carro, pedi que me deixasse em outro endereço e seguimos.

16

Chegando, paguei deixando-lhe uma gorjeta e fui tirar meus disfarces. Ia subir quando vi luz na biblioteca. Para lá me dirigi. Ao me ver, o senhor Edward deixou seu livro de lado e me encarou dizendo:

– Pelo jeito temos boas notícias, estás "iluminado".

– Não só boas, como excelentes – expliquei.

– Sente-se aqui, meu rapaz, e conte-me tudo. Quero saber de todos os detalhes.

Ao seu lado sentei-me e comecei meu relato, que foi interrompido muitas vezes para melhores esclarecimentos. Quando lhe informei que sua esposa não era amante do Frantz, mas estava envolvida na retirada de obras importantes dos museus alemães, surpreendeu-me ao me dizer que sabia disso e que o Foreign Office a estava ajudando nesse trabalho.

– Queres dizer que tens certeza de que Magda não é amante de Frantz?

– Certeza absoluta. Frantz é um mecenas celibatário e traumatizado, perdeu a noiva uma semana antes do casamento. Como diria Sherlock Holmes: "As mulheres não são

confiáveis..." Ele também perdeu sua noiva perto do casamento, de influenza.
Sir Edward colocou sua mão no meu ombro e me disse:
– Tenho algo que quero revelar-te.
– Ah! – exclamei. – Há revelações!
– É o seguinte, estive pensando muito sobre a atual situação da Europa Continental e não gostaria que retornasse a Budapeste. Estou por demais apegado a ti e não posso mais viver sem "meu filho" e sem nossas conversas. Esta casa é enorme e vazia. Alegraria o coração de um velho como eu se tirássemos o pai de Helga da Alemanha, com ela casasse e viesse aqui morar. Sabes que és o meu filho que voltou para mim novamente. Gostaria de ouvir crianças gritando e correndo nesta antiga e imensa casa. Magda e eu não tivemos filhos. Depois, teu trabalho te permite viveres onde quiseres. A verdade é que poderás trabalhar como arquiteto na nossa empresa de construção, se assim desejares, mas não vá embora, por favor, não vá, é tudo o que te peço, Frederico.

– Senhor Edward, desejo primeiro agradecer a proposta que tão generosamente me fizeste. Além disso, hoje nossa amizade é tão especial que não possuo nada parecido, nem mesmo com meu pai ou alguém da minha família.

– Então, Fred, nada mais digas. Fale com Helga e, quando trouxermos o pai dela de Berlim, poderá ele aqui ficar também. Assim, já irá conhecer como a casa funciona. Esta casa tem muitos quartos.

– Falarei com Helga, certamente que falarei, senhor Edward.

Depois disso, deixamos a biblioteca e fomos dormir. Subi as escadas e, chegando ao meu quarto, ajoelhei-me aos pés da cama, rezei e agradeci, quase às lágrimas. Pensei que iria falar com minha amada sobre a proposta feita pelo querido "papai inglês". Fiquei a pensar "como a vida dá voltas" e como é capaz de nos tornar felizes e realizados muitas vezes. O carinho que havia recebido do senhor Edward nunca tivera na minha própria família. Éramos nove irmãos e eu o oitavo; com tanta gente, era difícil dar atenção a todos. Minha irmã e irmãos mais velhos serviam de "pais" muitas vezes. Não poderia considerar-me carente, pois era alguém a quem a vida havia devolvido os afetos perdidos.

Depois de muito pensar, adormeci feliz.

Acordei no outro dia e desci para o desjejum. Quando vi o senhor Edward, dei-lhe um bom-dia e disse-lhe que, se dependesse de mim, nos casaríamos e iríamos viver naquela casa, mas é claro que precisava falar com Helga sobre isso.

Quando terminei o "breakfast", esperei até às dez e telefonei a Helga. Como eu esperava, ela concordou.

Avisei ao senhor Edward que estava tudo combinado, tudo certo. Começamos nós dois a pensar no casamento. Quanto mais rápido, melhor, pois precisaríamos tirar o senhor Schultz de Berlim...

A guerra aproximava-se a passos largos, como vimos depois. Escrevi uma carta à minha família, notificando-os do casamento e da minha permanência em Londres. Convidei-os, mas a situação deles não se mostrava tranquilizadora. Não puderam comparecer, impedidos pelo receio de deixarem os negócios.

Tudo deu certo, o casamento foi simples e comovente. O senhor Schultz conseguiu sair da Alemanha, e Helga e eu, depois de passarmos nossa lua de mel na Escócia, voltamos para a residência de Sir Edward em Londres.

Tivemos dois filhos, o que trouxe alegria à vazia mansão do querido inglês.

Muito tempo depois, uma noite, quando me dirigia para a biblioteca, ouvi Magda dizer:

– Ed, é de fato impressionante como consegues manejar tuas pedras e vencer sempre. Que plano bem arquitetado.

Pensei que ela se referisse ao jogo de xadrez que muitas vezes jogavam, mas ele continuou.

– Experiência, querida, vivência. Não podia perder meu filho novamente. Fred representa sua ressurreição, compreendes?

– Estás certo, eu faria o mesmo no teu lugar, mas confesso que não saberia executá-lo com tanta sutileza, perspicácia e sabedoria. Considero-te um homem de muita sorte.

– Sei que não duvidas disso, também me considero assim.

Não entrei onde estavam. Sorri para mim mesmo e pensei: "Agora que sou pai, sei o que pode significar a perda de um filho. Perdoaria meu novo pai por tudo, ele possuía grandeza e muito amor. Sem ele teria sido difícil concretizar minha relação com minha amada Helga".